AF210707

Herstellung: Books on Demand GmbH

ISBN 3-8311-3702-1

mirjam sarrazin
die prinzessin und der rabe.

© mirjam sarrazin 2002

satz: pie.V.
verlag: pie.V.
titelbild: nina geschwind
danke: evipevi

für meine mutter.
die beste geburts-, pflege-, erziehungsstellen-,
känguruh-, verrückt-, schrei-, festefeier-,
osterhasenriech- und lachmutter.

Im Briefkasten finde ich den Brief meines alten Freundes Jakob. Erst lege ich ihn zur Seite, denn die Küche gleicht einem Schweinestall, das Bad stinkt nach ungeputztem Klo und die Blumen auf meinem italienischen Balkon schreien nach Wasser. Zwei Stunden später verstaue ich die Einkäufe, und kurz darauf verlangen die Kinder schon wieder nach einem Mittagessen. Marvin kleckert Tomatensauce auf den ungeöffneten Brief und ich deponiere ihn im obersten Küchenregal neben Backformen und Waage. Nachmittags stehen unangenehme Dinge in meinem Terminkalender, die sich nicht verschieben lassen. Ich bringe die Kinder bei den Nachbarn unter und stauche nicht nur unseren Steuerberater, sondern auch die neue Sprechstundenhelferin meines Exmannes zusammen, die mich am Telefon abwimmelt, als wäre ich eine lästige Patientin. Ich bin mir sicher, sie ist es, die mich neuerdings in seinem Bett vertritt.

In der Küche versichere ich mich, ob der Brief noch an seinem Platz liegt, und gehe eine kleine Runde mit dem Hund, ein letztes Überbleibsel meines ehemaligen Göttergatten.

Abends lasse ich das wöchentliche Baderitual ausfallen und schicke die Kinder dreckig ins Bett. Sie nörgeln, es wäre ja noch hell draußen. Es ist ihnen nicht klar zu machen, dass es im Sommer immer länger hell ist, sie tanzen aber schließlich gegen neun auf dem Federball.

Der Hund rollt sich zufrieden auf dem Sessel zusammen, und ich atme tief durch, um mich mit einem Gläschen Rotwein auf meinem goldenen Balkon nieder zu lassen. Eine Zeitlang genieße ich die erhabene Aussicht über die sommerliche Stadt, bis ich mich endlich entscheide, über den Brief nachzudenken.

Er setzt zwiespältige Gefühle in mir frei. Jakob war früher mein bester Freund, bevor ihn Frau und Arbeit in eine andere Stadt verschleppten. Wir blieben in regem Briefkontakt, besuchten uns. Unsere Kinder waren im gleichen Alter und fanden Gefallen aneinander. Vor drei Jahren schrieb Jakob einen sehr ausführlichen Brief über die geplante erste Geburtstagsfeier seiner Tochter, danach habe ich nie wieder von ihm gehört. Seine Telefonnummer stimmt nicht mehr. Selbst die Auskunft hat keinen Eintrag. Ich habe mich mit dem Gedanken abgefunden, es müsse etwas geben, das Jakob stört, das ihm aber zu peinlich ist, um es mitzuteilen. Feige, wie er schon immer war, hat er plump den Kontakt abgebrochen.

Nun liegt dieser Brief im obersten Küchenregal und will geöffnet werden. Trotzig, wie ich bin, bleibe ich eine ganze Weile sitzen und denke über seinen möglichen Inhalt nach. Wut, Streit, Krankheit, Ausland, Scheidung, Tod – meine Phantasie geht ans Äußerste.

Schließlich bin ich fassungslos über die geschmückte Leere, die dem weißen, in Jakobs alter Schönschrift beschriebenen Umschlag keck entsteigt und mir fast unverschämt in die Augen springt.

„Zeit ist vergangen. Schnee hat die Stadt bedeckt und die Hoffnung, der weiße Zauber könnte anhalten; Wahrheiten verschweigen, Realitäten verborgen bleiben, wurde danach wieder einmal zerstört. Jeden Tag kam das alte Grau hervor und jeden Tag hat es mich hineingerissen, in die Realität, in die Großstadt, in das Leben, in dem eine Freundschaft, wie wir sie seit einer halben Ewigkeit führen, nicht mehr denkbar ist. Nicht, wenn so viel dagegen spricht, und das Leben Lachen nicht zulässt. Das sagen andere. Die, die nichts wissen, vom Leben, vom Lachen und von dem, was dagegen spricht.

Immer bin ich in Gedanken bei Dir, weil ich mir sicher bin, dass Du mich verstehst, und wir die Illusion des verschwiegenen Weiß in einem Märchen erhalten und ausbauen könnten. In einem Märchen, das nichts anderes zulässt als Leben und Lachen.

Zu einem konkreten Schritt überwinden, kann ich mich nicht. Zu groß ist meine Angst, enttäuscht zu werden, auf eine Mauer zu stoßen. Auch jetzt bin ich mir sicher, dass Du die Wahrheit verstehst und mich nicht verurteilen würdest. Und trotzdem habe ich Angst vor Deiner Wahrheit! Es hat bereits zu viele gegeben! Ich bitte Dich inständig: Marie, komm!"

Noch einmal lese ich den Brief. Und noch einmal.

Erschrocken frage ich mich: „Wo war ich drei Jahre lang? Warum habe ich mich auf meine Bequemlichkeit eingelassen, und bin der verlorenen Spur nie nachgegangen? Was ist passiert? Wo fing das an?"

Unheimlich wird mir, und seit einem halben Jahr vermisse ich zum ersten Mal meinen einstigen Ehemann als guten Freund und Beschützer. Verzweifelt suche ich das Telefon und finde es auf dem Abendbrottisch. Der Anrufbeantworter meldet sich, und ich ärgere mich, dass die Leute keine netten Begrüßungstexte aufsprechen können. Ich fühle mich beim gehetzten „Guten Tag, dies ist das Band von Lutz Langemann..." nicht willkommen und spreche unwillig eine kurze Nachricht.

Auf dem Balkon bemühe ich mich, mich mit Wein und Telefon der langen Sommernacht hinzugeben, aber mir ist plötzlich kalt, und der Schnee des Briefes will nicht aus meinem Kopf.

Nostalgie ist ein schönes Wort, denke ich und stecke das Feld ab, auf dem ich eventuell Mitschuld an einem Unglück trage. Hätte ich etwas verhindern können? Jakob war es, der den Kontakt abbrach. Nun ist er es, der ihn mit der schrecklich direkten Bitte um sofortiges Entgegenkommen wieder aufnimmt.

Wo eigentlich hin? Ich wundere mich, dass mir der Gedanke erst jetzt kommt. Der Briefumschlag ist von der blauen Holzbank gefallen, die mich trotz IKEA-Geruchs an das südliche Frankreich erinnert. Schwarz auf weiß steht sie da. Jakobs Adresse. Nicht die von vor drei Jahren. Irgendeine. Als hätte es nie eine andere gegeben. Die Stadt ist mir nicht unbekannt, aber für das Gedankenspiel, mal eben vorbeizukommen, zu weit.

Im Nebenhaus wird gestritten. Nichts interessiert das junge Elternpaar mehr als die Diskussion um das liebe Geld.

Wenn ich fahren würde, wo sollten dann die Kinder hin? Angenommen, es wäre etwas passiert, dann müsste ich länger als eine Nacht bleiben. Was erwartet Jakob von mir? Wenn es wenigstens eine Telefonnummer gäbe! Die Auskunft findet keinen Eintrag.

Gerade, als ich das Telefon weglegen will, klingelt es aufdringlich in die stille Nacht hinein, und ich zucke zusammen. Lutz ist besorgt, aber seine Verärgerung, dass ich ihn entgegen unserer Abmachung mitten in der Woche anrufe, ist spürbar.

Ich entschuldige mich nicht, lese ihm Jakobs Zeilen vor.

„Natürlich fährst Du! Ruf Deine Schwester an, wegen der Kinder. Die freut sich!"

„Danke!", sage ich, lege auf und trinke den Rotwein bis zum bitteren Ende.

Ich rufe meine Schwester an, wegen der Kinder, und sie freut sich.

Anschließend lösche ich das Licht im Wohnzimmer, schütte noch ein Glas Wasser dem Wein hinterher und gehe ins Bett, um von Jakobs Frau Ruth zu träumen.

Am nächsten Morgen verschlafen wir um eine ganze Stunde. Ich fahre erschrocken in die Höhe. Über Nacht habe ich endgültig beschlossen, Jakob sei wichtiger, und wundere mich über diese plötzliche Sicherheit.

Vor zehn Minuten hat die Schule angefangen. Theresa hätte eine Klassenarbeit schreiben sollen. Nun nicht mehr! Alles andere als leise und zaghaft düse ich in die Kinderzimmer und schiebe die Vorhänge so abrupt zur Seite, dass die Stange in Marvins Zimmer herunterfällt und mit ihr der Vorhang.

„Mama!"

Ich habe keine Zeit für schlechte Laune und Morgenmuffel. „Es wird aufgestanden. Wir haben heute etwas besonderes vor!"

Während ich die Treppe wieder herunter laufe, befehle ich nach oben: „Moritz, du deckst den Tisch!"

Ich mache mich im Keller über den am vorigen Tag liegen gebliebenen Wäscheberg her.

„Nimm die Füße hoch! Das Geschlurfe nervt mich! Bist du deine eigene Oma oder was?"

Aus erstaunten Augen blickt mich Theresa an und sieht zu ihren Füßen.

„Mama, wir haben verschlafen!"

„Das weiß ich wohl."

„Und der Mathetest?"

„Der ist heute unwichtig! Das besprechen wir gleich. Jetzt lauf hoch und hilf Moritz beim Decken! Und nimm verdammt noch mal die Füße hoch!"

Auf meine Eröffnung bei Tisch, sie würden einige Tage mit meiner Schwester verbringen, reagiert Marvin knatschig. Er ist notorischer Langschläfer und vor zehn nicht ansprechbar. Das stört mich nicht. Im Gegenteil! Es stachelt meinen Elan noch mehr an. Theresa dagegen ist begeistert. Moritz setzt noch einen drauf und beschließt, dann auch nicht zur Schule zu gehen. Man darf einfach keine Ausnahmen wagen. Gleich müssen sie es übertreiben!

Nach dem Frühstück verfrachten wir uns ins Auto und starten einen Großeinkauf. Ich muss mein schlechtes Gewissen beruhigen, mitten im Schuljahr einfach ein paar Tage wegzufahren, ein Mutter-Aus zu nehmen, und mit Befriedigung beobachte ich, wie die Kinder den Einkaufswagen mit Unsinnigkeiten füllen. Sollen sie es schön haben! Der missratene Vater fällt mir ein, und wir packen noch eine dicke Packung Vanilleeis dazu. 120 Euro bezahle ich und staune, wie gerne ich inzwischen Geld ausgebe. Vor

20 Jahren war ich überzeugt, Geld sei unwichtig, würde den Charakter verderben. Vielleicht hatte ich Recht, aber was stört es mich! Sieben Videos leihen wir aus – für jeden zwei, weil sich keiner entscheiden kann, zusätzlich den neuesten mit Christiane Paul, weil meine Schwester die so gerne sieht, was ich nicht nachvollziehen kann.

Zu Hause wollen sie den ersten sehen, geben sich dann aber mit dem alltäglichen KIKA-Programm zufrieden, weil sie ja ausnahmsweise nicht zur Schule müssen.

Ich klemme mich ans Telefon. Es gibt einige Bekannte, die ich flüchtig kenne und die Kontakt zu Jakob und Ruth hatten. Zwei Familien erreiche ich nicht, bei der dritten meldet sich die Frau. Ja, an mich könne sie sich erinnern, von Jakobs Geburtstag vor vier Jahren. Sie hat ewig Zeit und möchte alte Erinnerungen auffrischen. Erst nach einer halben Stunde Geplänkel gesteht sie, seitdem keinen Kontakt mit Jakob gehabt zu haben. Es habe Unstimmigkeiten gegeben, auf die sie nicht näher eingehen wolle.

Die Auskunft kann mir auch jetzt nicht weiterhelfen. Die Polizei will es nicht.

Zu allem Überfluss ruft meine Mutter an und möchte über meine gescheiterte Ehe reden. Wo mein eigener Vater eigentlich an den langen Abenden gewesen sei, an denen sie schluchzend vor mir gesessen habe, wimmele ich sie ab und staune über meine Unverfrorenheit.

Gegen zwei Uhr stürzt meine Schwester ins Haus. Als ihr Marvin und Theresa in die Arme fliegen, lacht sie so laut, dass ich mich behaglich 20 Jahre jünger fühle. Sie hat so etwas direktes, bewusstes, altvertrautes. Auch wenn ich heimlich über ihre idealistischen Vorstellungen lächle, bewundere ich sie für ihre sprießenden Ideen. Sie bietet meinen Kindern jedes Mal ein ausgefeiltes Alternativ-Programm, und ich hoffe, die Erfahrungen sind prägend. Eigene Kinder will sie nicht, sondern nur einen umwerfend sensiblen Lebensgefährten und einen erfüllten Beruf.

Wieder lacht sie laut und überzeugend und setzt sich in meine unordentliche Küche, um starken Kaffee zu trinken. Sie liebe es einfach bei uns, betont sie. Schön, dass sie da ist!

Sie hat den Kindern ein Buch mit den gesammelten Märchen der Welt mitgebracht und verkündet, sie würden Ländertage machen. Jeden Nachmittag würden sie etwas zu dem jeweiligen Land unternehmen, sich weiterbilden. Theresa möchte aus ihrem Zimmer den geplanten Urwald machen, in Marvins Zimmer soll der Nordpol entstehen. Und ein Fest wollen sie feiern. Sollen sie! Die Putzfrau für den Tag, an dem ich zurückkehren werde, ist bestellt. Vielleicht gehören Chaos und Dreck zu jeder wahren Ideologie.

Das Telefon klingelt, und mein Exmann möchte wissen, warum ich in der vergangenen Nacht so unfreundlich aufgelegt habe.

Ich sage, dass es mich nerve, wenn ich es immer wieder probieren würde, obwohl ich längst wisse, dass es keinen Sinn habe.

„Was denn um Himmels Willen?", fragt er, und ich lege auf.

Um einen weiteren Anruf zu verhindern, bitte ich die Auskunft um die Telefonnummer der Grundschule, die Jakobs älteste Tochter besuchte. Ich erinnere mich noch an sie, weil sie dem Kind unterstellte, es sei verklemmt, dumm und verhaltensauffällig.

Ich erwische die Direktorin, gebe mich als Jakobs Schwester aus, verwickele die nette Dame in ein langes Gespräch um meinen angeblich lernbehinderten Sohn, der eingeschult werden soll, und frage beiläufig, ob sie mir die Telefonnummer meines Bruders und Familie nennen könne. „Wir haben uns nämlich aus den Augen verloren, wissen Sie?"

Die Dame dürfe mir keine Auskunft geben. Aber erinnern könne sie sich gut. Da habe irgendwas nicht gestimmt. Das habe sie dem Kind angesehen. „Aber das kennen Sie ja, mit einem, ja, behinderten Kind. Das ist halt schwierig. Sie sind dann weggezogen. Wohin, das weiß ich nicht. Aber geben Sie mir doch Ihre Adresse,

Frau – wie war das noch? – dann schicke ich Ihnen Informationsmaterial bezüglich ihres Sohnes. Wir sind ja eine integrative Grundschule und haben durchaus auch schwierige Fälle."

Diese dumme Person, denke ich, bedanke mich überschwänglich und setze mich zu meiner realen Familie in die Küche.

Sie haben beschlossen, indisch zu kochen, und jedes meiner Kinder darf einen Freund einladen, und sie werden mit den Fingern essen und auf meinem Fußboden in meinem Wohnzimmer sitzen, und meine Küche wird herrlich von würzigen Kinderhänden kleben, und nun bin ich endgültig überzeugt, dass das Haus ein anderes sein wird, wenn ich zurückkomme.

Meine Schwester lacht laut und freut sich. Es ist so einfach mit ihr! Sie tut einfach, was sie mag und worum ich sie unausgesprochen bitte. Sie verwüstet mein Leben und das meiner Kinder und schafft eine Atmosphäre, die mir zeigt, wie schön und anders Leben sein kann. Während meiner Ehe waren es oft die Stunden mit ihr, in denen ich mich traute durchzuatmen. Hätte es meine Schwester nicht gegeben, vielleicht wäre ich erstickt. Ich sehe auf die Uhr und bin entzückt, dass sie es in zweieinhalb Stunden geschafft hat. Die Kinder sind ihr hörig!

Sie erzählt mir Neuigkeiten aus ihrem Leben. Sie wollen in eine größere Wohnung ziehen, ihr sensibler Freund und sie. Der Job würde sie auffressen, und ich solle mich glücklich schätzen, dass sie überhaupt für ein paar Tage frei bekommen habe und die Sachen von hier aus regeln könne. Ich knie dankbar vor ihr nieder.

Schließlich lasse ich meine Familie in der Küche werkeln und verziehe mich ins Bad. Für die Wanne ist es leider zu spät. Vermutlich hätte ich es sowieso keine zehn Minuten ausgehalten, denn ich merke, wie die Nervosität zunimmt. Was habe ich eigentlich vor? Was will Jakob mit einem solchen Brief bewirken?

Ich sehe furchtbar aus, als ich in den Spiegel starre und die Muskeln anspanne, weil ich mir einbilde, in dem Zustand besser denken zu können – eine Angewohnheit, die mich mein ganzes Leben begleitet. Erst gestern habe ich mit Schrecken festgestellt, dass meine Tochter diesen Blick geerbt hat und beim Nachdenken aussieht wie ein Boxer vor dem entscheidenden Schlag. Manchmal ist man eben hässlich, und ich habe keine Zeit, mir ernsthafte Gedanken zu machen.

Der Jüngste hat vor der Tür einen Tobsuchtsanfall, weil seine Geschwister am Abend noch Besuch zum Essen bekommen. Seine Bekanntschaften aber dürfen das Haus nicht mehr verlassen, liegen bereits im Bett.

Ich öffne ihm, und er bestätigt den versteckten Boxer in der Familie mit einem gezielten Schlag in meinen Magen. „Mama! Ich will auch einen Besuch!"

Er heult lauter, als meine Schwester lacht, und ich nehme ihn auf den Arm. Ich habe das Gefühl, alle schlummernden Emotionen in diesem Haus kommen zum Vorschein, wenn meine Schwester da ist. Beruhigen lässt Marvin sich nicht, und es ist endgültig aus, als er an meinem geschminkten Gesicht erkennt, dass ich am Abend weg will. „Dann gehe ich überhaupt nie schlafen, Mama!"

Hübsch ist er! Wie sein Vater sieht er aus! Oder Exvater? Mit hellen Haaren und weichen blauen Augen. Irgendwie gar nicht wie andere Kinder in seinem Alter. So unkindlich und doch so weich. Kann man so tief lieben? Ich streiche ihm übers Haar und küsse ihn lauter auf die nasse Wange, als er heult, und meine Schwester lacht. Genau auf den ersten Leberfleck seines kleinen Körpers.

„Mama! Ich gehe nicht schlafen!", beschwert er sich weiter. Unten fällt die Tür ins Schloss, und Theresa begrüßt stürmisch das Nachbarskind. „Nie!", beteuert mein Jüngster. Was soll man da sagen?

Schließlich nehme ich ihn mit zu einer Freundin, die am Abend eine Gartenparty zu ihrem 40. Geburtstag feiert. Er isst Eis und ist glücklich.

Anschließend stolpern wir über das selige Chaos in meinem finsteren Haus.

Meine Schwester ist bereits im Bett, inmitten von indischen Kochkünsten klebt ein Zettel: „Du kennst mich. Hoffe erst einmal auf die Heinzelmännchen, bevor ich mir die Mühe mache. Bin im Gästezimmer. Kuss, das K.“

Am nächsten Morgen im Zug bin ich müde. Erst fühle ich mich ausgelaugt und bereue, nicht mit dem Auto gefahren zu sein. Ich denke an die Party meiner Freundin und stelle fest, dass ich mich seit der Scheidung in Gesellschaft alter Freunde nicht mehr wohl fühle. Ich habe keine Themen mit den Psychologen und Ärzten, in deren Praxen Gläser mit bunten Gummibärchen stehen, deren Inhalt in schüchterne Münder gestopft wird. Sie sind mir fremd, wie mein Exmann, der heimlich die roten Bären aus seinem Glas in einem sterilen Zimmer aß.

In Gedanken versunken, merke ich, wie langsam die Abenteuerlust in mir aufsteigt. Ich fühle mich frei und jung. Die Morgensonne scheint herrlich auf die saftigen Wiesen. Wer weiß, wo ich nächste Nacht schlafen werde!

Ein Urlaub fällt mir ein. Es muss mehr als 20 Jahre her sein! Ich war vielleicht 16. Mit meiner Schwester bin ich mit dem Zug quer durch Europa gefahren. Ganze sechs Wochen Sommerferien lang! Erst wollte ich nicht mitfahren, aber sie hat darauf bestanden und meine Mutter auch. Also haben wir sechs Wochen aneinander geschweißt in unserem kleinen Zelt auf billigen, verwahrlosten Campingplätzen gesessen, Rotwein aus Flaschen getrunken und uns erwachsen gefühlt.

Es war der Anfang einer turbulenten, intimen Schwesternbeziehung. Meine Schwester ist ein Jahr jünger, aber in diesem Urlaub hat sie die Situation besser im Griff gehabt als ich. Ich wollte genau planen, wohin uns die Züge am folgenden Tag bringen würden, wann Anschlusszüge verpasst und wann Reservierungen zu teuer waren. Sie hielt das für ausgemachten Unfug, nutzte die Zeit, um mit anderen Reisenden ins Gespräch zu kommen, erzählte ihnen halsbrecherische Geschichten über unsere Herkunft, über vollbrachte Heldentaten, über Kinder und wilde Affären, die es nie gegeben hat. Meine Schwester hat schon immer genau zwischen ernsthaften und unsinnigen Freundschaften unterschieden, und hält es nicht für nötig, Menschen, die sie nicht wieder treffen wird, das kleinste Stück Wahrheit über sich preiszugeben. Mich fasziniert das. Trotzdem ist es unangenehm, plötzlich mit Deutschen in Englisch kommunizieren zu müssen, weil meine Schwester ihnen erzählt hat, wir kämen aus Afrika und sprächen ausschließlich Kiswaheli und Englisch. Irgendwie hat sie schon immer etwas besonderes sein wollen.

Das Skateboard gehörte dem Typen, mit dem sie als letztes Sex hatte. Dafür besitzt er jetzt den Roman, der in ihrer Tasche zerfledderte. Titel und Inhalt hat Laule vergessen.

Vor Jahren tauchte in ihrem Kopf ein Beschluss auf. Alle Bücher, die ihr in die Hand fielen, würde sie durchlesen, zu einem erfolgreichen Schluss bringen. Vielleicht der einzige Beschluss in ihrem Leben mit weitreichenden Folgen. Nach jeder letzten Seite fühlt sie sich vollkommen, glücklicher als sonst. Noch glücklicher.

Eine Ausnahme macht sie. Die Bibel hat sie nie vollständig gelesen. Hin und wieder hat sie früher einen Gottesdienst besucht und gebannt die Geschichten gehört. Die segensreichen Worte „Gehet hin in Frieden" begleiteten sie noch Stunden später, und manchmal fühlte sie sich sicher und befreit.

An Gott glaubt sie nicht konsequent. Manchmal ist er da, manchmal nicht. Wichtig war die Nähe, die sie in Gottesdiensten zu ihm und den Menschen in den kargen Holzbänken spürte. Eine Stunde war das zu ertragen und sogar angenehm. Danach aber reichte es. Gott war kein Thema mehr, und die Menschen verschwanden aus ihrer Erinnerung.

Manchmal gab es jemanden, der sie interessierte. An den dachte sie auch später noch. Oft waren es Kinder. In Kindergottesdiensten. Vor zwei Jahren traf sie einen Jungen, der lebte mit einer Frau in einer zerfallenen Wohnung. Sie sprachen nie miteinander. Die Frau und der Junge. Aber der Junge mochte die Frau. Vielleicht war es seine Mutter. Der Junge setzte sich auf den kalten Boden, sabbernd. Mit glasigen Augen lauschte er dem Pfarrer. Manchmal legte er sich auf den Boden und versteckte die Hände in der Hose. Manchmal gab er Geräusche von sich. Die Leute guckten und baten die Frau und den Jungen leise, die Kirche zu verlassen. Still gingen sie. Gehet hin in Frieden. Die bei-

den sind dann irgendwann nicht wieder aufgetaucht. Jetzt geht Laule nicht mehr in Kindergottesdienste.

Die Innenstadt ist voll, und sie fährt geschickt durch die Menge. Wo sie hin will, weiß sie nicht. Wo sie herkommt, auch nicht. Sie hat am Abend einen alten Freund getroffen, ist mit ihm im Auto auf eine Party gefahren. Sie hat schnell die Orientierung verloren. Auf dem Weg zur Arbeit hat er sie hier abgesetzt. Jetzt hat sie sie wieder, die Orientierung. Die Innenstadt ist bekannt.

Plötzlich ist da ein Glücksgefühl. Es durchfährt sie wie ein Blitzschlag. Sie wendet, rast den Weg zurück und hält vor einem gewaltigen Haus. Nur kurz denkt sie, und was wenn?

Ihre Mutter steht im Morgenmantel in der weiß lackierten Holztür, blinzelt in die Sonne. Sie bleibt ernst, sagt leise und bedächtig „Verschwinde!" und schließt die Tür vorsichtig. Dann ist es still, und in dem alten Kastanienbaum trällert ein Vögelchen.

Die Treppenstufen wieder runter. Am Geländer hält sie sich fest. Vielleicht zittert sie. Davon will sie nichts wissen. Einen Blick wirft sie in den geräumigen Garten, in dem der Igel lebt. Sie entdeckt das Schälchen mit Milch, das die Mutter ihm hingestellt hat. Wahrscheinlich ist er der einzige, den sie duldet.

Dem dicken Benz der Mutter verpasst sie einen langen, verschnörkelten Kratzer mit dem verrosteten Schlüssel, den sie in der Tasche trägt, solange sie sich erinnert.

Sie hat Hunger. Schade, dass die Mutter nicht einmal das versteht.

Quer über die Bahnschienen rast sie los. In einen Vater mit Kindergartenkind. Sie entschuldigt sich, aber man glaubt ihr ja doch nicht. Am Bahnhof hält sie ruckartig vor den Treppen an. Sie bettelt eine Stunde lang. Es will nicht klappen. Die Leute wirken besonders geschäftig, eilen vorbei, wollen sie nicht sehen. Sie gräbt in ihrem Kopf nach einer Idee für diesen Morgen. Ihr will nichts einfallen. Sie hätte auf der Party nicht so viel trinken sol-

len.

Der Junge mit den lustigen Augen kommt vorbei. Er sieht noch gut aus, obwohl er auf dem besten Weg ins Abseits ist. Er setzt sich zu ihr auf die Stufen, spendiert Brötchen und Kaffee. Er strahlt. Wahrscheinlich hat er die letzte Nacht gut verdient und sich etwas geleistet, ohne Angst um das nächste haben zu müssen. Sie quatschen in der morgendlichen Sommersonne, als wären sie Arbeitskollegen in der Mittagspause. Es wundert sie, dass es nach so vielen Jahren Leben noch Themen gibt. Warum vergisst sie nur immer seinen Namen!

Eine seiner Freundinnen setzt sich dazu. Ihr geht es dreckig. Geld hat sie keines. Die beiden verschwinden für eine Weile auf die Toilette.

Laule überlegt, in den Park zu gehen. Das Wetter ist schön. Sie bleibt.

Die beiden kommen wieder. Die Freundin ist ruhiger. Sie hat wegen des Sohnes einen Termin beim Jugendamt und geht. Der Junge mit den lustigen Augen verschwindet auch.

Andere kommen und gehen.

Schließlich macht sie sich alleine auf. Über die Bahnsteige. Biographien verwahrt sie in ihrem Gedächtnis. Sie erzählt, obwohl es die Leute nicht hören wollen. In Berlin singen sie in den U-Bahnen. Das hat sie auch schon probiert. Aber sie erzählt lieber Lügenmärchen. Und hofft auf Interessantes.

Dann sieht sie die Frau mit der einfachen Reisetasche. Braune Locken hat sie, trägt eine schwarze, leichte Hose, rotes Hemd. Schick ist sie. Steigt aus dem ICE. Die sieht nach was aus. Das könnte ein ganzer Tag werden. Vielleicht auch zwei. Einmal hat sie es drei Monate geschafft, aber das war ein Glückstreffer. Mit einem älteren Spanier und seinem Sohn ist sie im Truck nach England gefahren. Gefeiert haben sie damals. Drei ganze Monate lang. Am Ende sprach sie sogar spanisch.

Schließlich stehe ich in diesem fremden Bahnhof, und alle Abenteuerlust verfliegt schlagartig. Was will ich hier eigentlich? Kurz, aber ernsthaft überlege ich, den nächsten Zug zurück zu nehmen. Aber meine Schwester, die mich für verrückt erklären würde, und meine Kinder, die mich langweilig finden würden, halten mich ab. Also bleibe ich.

Gehe gekonnt, als hätte ich nie etwas anderes getan, den Bahnsteig herunter, wühle mich durch die Menschen und fahre mit der Rolltreppe ins kühle, stinkende Erdgewölbe. Ich bleibe stehen. Vor mir liegen zwei Möglichkeiten: rechts und links. Die Chance, an einem mir unbekannten Ort herauszukommen, liegt bei 100%.

Über den Bahnsteig folgt sie der Frau und über die Rolltreppe unter die Erde. Dann bleibt die Frau stehen und weiß offensichtlich nicht weiter.

Da spricht mich von hinten ein Mädchen an. „Kann ich helfen?"
Ich schüttele den Kopf und tue so, als suche ich in der Hosentasche nach Brauchbarem, in diesem Moment Lebensnotwendigem.
Das Mädchen ergreift keinesfalls die von mir erhoffte Flucht, sondern stellt sich direkt vor mich. Sie trägt durchlöcherte Kleidung, stinkt – oder bilde ich mir das ein? –, ist dünn und fuchtelt mit ihren dreckigen Fingernägeln vor mir herum. „Kannst du mir ein bisschen Kleingeld für meinen aidskranken Freund geben?"
Ich sehe sie kurz an und schüttele mit dem Kopf. Ach, so eine!
Dann gehe ich nach rechts. Sehr zielstrebig. Damit sie denkt, dass ich hier wohne. Marvin fällt mir ein, und ich bereue, erwachsen zu sein. Ein Tobsuchtsanfall, weil ich nicht in diese Stadt passe, würde vermutlich ausschließlich die Polizei und das Landeskrankenhaus auf mich aufmerksam machen, aber keinesfalls zu einer passablen Lösung führen. Ich habe mich selten so verlassen gefühlt und schätze plötzlich mein bürgerliches Leben. Im Urlaub

in fremden Ländern war es Lutz, der sich schnell orientierte und mir Halt bot. Meinen Wohnort habe ich seit meiner Geburt vor 36 Jahren nie alleine verlassen.

Dann stehe ich inmitten von Omnibussen, die alle zur Abfahrt winken. Ich fische Jakobs Brief aus der Reisetasche und frage mich, wer glaubwürdig und ortskundig sein könnte.

Das Mädchen steht immer noch hinter mir, wirft einen Blick über meine Schulter. „Ich weiß, wo das ist. Wenn du willst, zeig ich's dir!"

Ich möchte mich über ihre Aufdringlichkeit beschweren, halte mich aber für unhöflich. „Nein danke, ich werde gleich abgeholt."

Das erste mal sehe ich ihr ins Gesicht. Schöne Augen hat sie. Erinnert an einen Waldgeist, obwohl sie fast größer ist als ich. Wilde schwarze Haare hat sie. Dicke Wimpern säumen die meeresblauen Augen. Eingefallen wirkt sie, runzelig, als verbrächte sie ihr Leben in einem Holzhäuschen im tiefsten Wald. Alt sieht sie aus.

Unpassend wirkt die jugendliche Stimme. „Hast du Kleingeld für meinen Freund und mich?"

Wieder sehe ich sie an, und sie erinnert mich ein kleines bisschen an meine Schwester. „Du hast ja gar keinen Freund!"

Sie grinst über beide Backen. „Du musst mit der Straßenbahn fahren, um dahin zu kommen."

Ich erkenne das Kindliche in dem verwegenen Gesicht aber ich bin unsicher. Vielleicht sollte ich die Zweifel ablegen, ihr vertrauen und ihren Anweisungen folgen. Was spricht eigentlich dagegen? Ruckartig drehe ich mich zu dem dreckigen Geschöpf. „Du zeigst mir, wo ich hin muss, und ich spendiere dir ein Abendessen!"

Ich hätte erwartet, dass sie vor Freude in die Luft springt, statt dessen dreht sie mir den Rücken zu, überquert im Laufschritt den Busbahnhof und ruft mir von der anderen Seite auffordernd zu:

„Dann komm auch!"

Etwas unsicher folge ich ihr, sehe mich um, hoffe, niemand bemerkt, dass wir zusammengehören.

Sie leitet mich in eine Straßenbahn und setzt sich in eine der Bänke. Geht sie davon aus, dass ich mich neben sie setze? Ich setze mich.

Sie studiert mein Gesicht von der Seite. „Wo gehen wir denn essen?" Auffordernd sieht sie mich an.

Ich möchte aussteigen. Irgendwie engt sie mich ein.

„Es gibt einen Italiener an der Ecke, da, wo du hin willst. Der ist auch nicht so teuer", beharrt sie.

Ich sehe sie kurz an, klammere mich ängstlich an meine Reisetasche.

Sie lächelt, und ich fürchte, dass sie den Tränen nahe ist. Ich bekomme Mitleid und sehe mich in der fatalen Situation, sie in der Straßenbahn trösten zu müssen. Kurz darauf ist es soweit. Unter Tränen erzählt sie mir ihre Lebensgeschichte. So glaubwürdig, dass ich mich nicht traue, ihr vorzuwerfen, sie könne lügen. Ihre Mutter sei vor zwei Jahren gestorben, einen Vater habe es nie geben. Seitdem lebe sie auf der Straße.

„Geschwister? Ja, irgendwo eine ganze Menge." Drogenabhängig sei sie. Ja, aber was könne sie dafür! Es wäre so gekommen.

Mit Schrecken denke ich an Theresa. Und wenn es bei ihr auch so kommt? Und Moritz und Marvin. Man kann so vieles falsch machen – und dann?

Ich sehe mich verschämt um. Haben sie bemerkt, worüber wir reden? Sie starren alle.

Das Mädchen steht auf. Die Tränen tropfen über die eingefallenen Wangen. „Wenn ich dir peinlich bin, gehe ich besser!" Sie stellt sich an den Ausgang am anderen Ende der schlangenförmigen Bahn.

Einen Moment betrachte ich die Mittagshitze vor den Fenstern, wie sie flimmert und mich einlullt. Dann stehe ich auf, ohne nach rechts oder links zu sehen, stelle mich neben das Mädchen. „Du wolltest mir doch zeigen, wo ich hin muss."

„Wir sind da. Komm!" Ihre Stimme ist kühl.

Ich habe das Gefühl, dass der Versuch, mich in ihre Geschichte zu verwickeln, abgeschlossen ist. Sie hat kein Interesse mehr. Ich fühle mich schlecht und weiß nicht recht, warum. Was habe ich mit diesem heimatlosen Wesen zu tun?

Wir steigen aus, und die Hitze überfordert mich. „Ist es bei euch immer so schwül?"

Ich bekomme keine Antwort. Statt dessen zeigt sie auf das italienische Restaurant, das eine wunderbar schattige Terrasse unter alten Bäumen aufweist.

„Wir können ja nachher mal gucken!", murmele ich und folge ihr wie ein Entenküken seiner Mutter.

Sie bleibt vor einem alten Mehrfamilienhaus stehen. „Hier! 39. War's doch, oder?"

„Ja, 39." Ich vergleiche mit der Adresse auf dem Brief und fühle mich klein und Schutz bedürftig. Ich habe Hunger. Ich drehe mich zu ihr um. „Wollen wir jetzt zum Italiener gehen?"

Sie sieht mich nicht an. Wackelt von einem Fuß auf den anderen. Wir wechseln die Rollen. Jetzt ist es ihr unangenehm, und sie weiß nicht, ob sie mit mir in das Restaurant gehen kann, ohne sich zu verlieren.

Sie kann! Als sie mir an dem kleinen Holztisch unter der großen Eiche gegenüber sitzt, erzähle ich ihr von mir.

Sie quittiert es mit einem Lächeln, nickt zwischendurch und scheint sich wohler zu fühlen.

Der Kellner nimmt meine Bestellung auf und fragt nach der meiner Tochter. Das Mädchen und ich sehen uns kurz an. Ich lächele. Sie winkt ab. „Das ist nicht meine Mutter. Das ist meine beste Freundin, und heute ist mein Geburtstag."

Der junge Kellner frisst ihr aus dem Mund und spendiert ein Bier. In der Terrassentür dreht er sich noch einmal um und zwinkert mir lächelnd zu. Da kommt es wieder! Ein klein wenig Abenteuerlust ist wieder spürbar!

Das Essen schlingt sie in sich hinein. Ich bekomme nicht viel hinunter und schiebe ihr meinen Teller zu.

„Nein, lass mal. Wir wollen es ja nicht übertreiben!", lehnt sie ab. Sie grinst wieder.

Dann springt sie plötzlich auf. Der Stuhl wackelt gefährlich und kippt mit einem dumpfen Knall auf den Steinboden. Das Ehepaar zwei Tische weiter beobachtet uns verächtlich aus den Augenwinkeln.

„Da! Die Tür!", ruft sie, springt über den niedrigen Zaun der Terrasse und landet in der geöffneten Tür des Hauses Nummer 39.

Der adrett gekleidete Mann, der soeben aus dieser Tür auf die Straße getreten ist, setzt verschreckt ein paar Schritte zur Seite und läuft kopfschüttelnd die Straße hoch.

„Nun komm! Wir gehen mal gucken, wie's drinnen so aussieht!" schreit sie.

Ich zähle schnell das passende Geld ab, lege ein Trinkgeld als Entschuldigung dazu und verlasse über die Treppen die Terrasse.

Noch einmal drehe ich mich um, und der Kellner zwinkert mir beim Einsammeln des Geldes lächelnd zu. Währenddessen pfeift er ein Kinderlied.

„Welche Etage denn?", will das Mädchen wissen.

Wir betrachten fragend das Klingelschild. Jakob Ahrens suche ich. Nichts zu finden. Wir sehen uns an. Wir lächeln. Ich entdecke die Zahnlücke in ihrer unteren Zahnreihe.

Sie reißt mir den Brief aus der Hand. „Ahrens", murmelt sie vor sich hin und geht mit dem Zeigefinger die sechs Klingeln ab. „Nichts... Vielleicht hat er sich verschrieben?"

Mit vergeht die Lust. Wenn Jakob so ausdrücklich wünscht, dass ich ihn besuche, sollte er darauf achten, dass die Adresse stimmt. Schließlich gibt es nicht einmal eine Telefonnummer! Solche Flüchtigkeitsfehler passieren Jakob nicht. Dazu ist er zu korrekt.

Ich empfinde plötzlich stechende Sehnsucht nach Hause. Die Telefonzelle ist bei der Bahnhaltestelle, meine Schwester aber nicht zu Hause. Ich spreche aufs Band, ich sei gut angekommen, hätte aber noch nichts erreicht. Ich fühle mich einsam. Stehe mit einem verwahrlosten Mädchen in dieser Telefonzelle in einer fremden Stadt und rufe meine Schwester in meinem eigenen Haus an, das verlassen scheint. Wie bin ich auf die Idee gekommen, hierher zu fahren?

Die Auskunft hat nach wie vor keinen Eintrag. Ich komme einfach nicht auf Ruths Mädchennamen, obwohl ich sicher bin, ihn zu kennen. Es ist heiß und stickig in der kleinen Zelle.

Draußen kann ich wieder atmen und denken. Ich wende mich an das Mädchen: „Hör mal! Ich mache dir jetzt einen Vorschlag. Ich möchte mich ein wenig ausruhen. Du lässt mich alleine, und heute abend treffen wir uns hier an der Ecke zum Essen!"

„Ich kenn' dich doch. Du kommst doch eh nicht!"

Ich werde ärgerlich, dass sie mir so etwas unterstellt. „Natürlich komme ich. Versprochen ist versprochen. Aber wir können es auch anders machen. Ich gebe dir Geld, dann kannst du alleine essen gehen und bist nicht an mich gebunden. Und wenn du magst, kommst du mit dem Geld einfach hierher, und wir essen zusammen. Wie zwei alte Freundinnen."

„Wieviel?"

Erst weiß ich gar nicht, was sie meint. „Das überlass mal mir!"

Sie überlegt.

„Weißt du, schuldig bin ich dir nämlich gar nichts!"

„Immerhin habe ich dir dein blödes Haus gezeigt! Aber bitte schön! Ich will dein Geld gar nicht. Ich bin nicht auf dich angewiesen! Und deine Freundin schon gar nicht!" Sie dreht sich um und stolziert von dannen.

Das Entenküken bleibt zurück und hat ein schlechtes Gewissen. Müde watschele ich auf das Haus Nummer 39 zu und werfe noch einen Blick in Richtung Bahnhaltestelle. Das Mädchen spricht mit einem älteren Herrn und lacht aus vollem Herzen. Wieder muss ich an meine Schwester denken. Nicht einmal nach ihrem Namen habe ich gefragt!

Dann ist es still, und in dem alten Kastanienbaum trällert ein Vögelchen.

In der ersten Etage öffnet niemand. Beim vierten Versuch in der zweiten Etage knistert es in der Gegensprechanlage. „Hallo?" Es ist eine Kinderstimme. Vielleicht ein kleiner Junge.

„Hallo. Ist deine Mama da?"

„Nein."

„Und dein Papa?"

„Nein."

„Hallo?"

„Hallo!"

„Bist du alleine?"

„Nein!"

„Wer ist denn noch da?" Es bleibt still. „Hey! Wer ist denn noch in deiner Wohnung?"

„Wie heißt du?"

„Ich möchte einen Erwachsenen sprechen!"

„Ja."

„Gibt es da einen in deiner Wohnung?"

„Ja."

„Und wer ist das?"

„Und du?"

„Ich?" Ich überlege, was ich noch sagen kann.

„Was machst du?", kommt mir das Kind zuvor.

„Ich möchte mit deiner Mama sprechen!"

„Wie heißt du?"

„Marie heiße ich. Und du?"

„Arschloch!"

Es klickt, und die Verbindung ist unterbrochen, und ich stehe verdattert in der Mittagshitze. Arschloch also. Meinte das Kind mich oder sich selbst?

Ich stelle mich an den äußersten Rand des Bordsteins und versuche, in die Fenster des Hauses zu sehen, aber die Sonne steht schlecht.

Ich bekomme langsam Kopfschmerzen. Die Sonne brennt auf mich ein, und ich beschließe, die angenehme Terrasse des Italieners aufzusuchen und mir vorzustellen, hinter der alten Häuserzeile läge das Meer in seiner weiten, beruhigenden Pracht.

„Signora, was kann ich Ihnen dieses Mal bringen?" Der Kellner lächelt mich an, und ich habe das Gefühl, dass er mich gerne wiedersieht, hier in seinem gemütlichen Bergdorf Italiens.

Ich bestelle einen Capuccino und ein Wasser und frage ihn, ob ihm der Name Jakob Ahrens bekannt sei.

„Nein, nie gehört, aber ich werde den Chef fragen!" Wieder zwinkert er und verschwindet in das dunkle Innere des Restaurants.

Während ich auf meine Bestellung warte und unter dem Tisch die Sandalen von den Füßen streife, übe ich, mit den Augen zu zwinkern. Es will aber nicht klappen.

Die Terrasse ist voller als vor einer Stunde. In der einen Ecke sitzt eine Mutter mit zwei Mädchen, die lustig mit den blonden Zöpfen wippen und auf das Eis starren. Das Ehepaar von vorhin ist gegangen, statt dessen rekelt sich ein junges Liebespärchen an dem Tisch, steckt die Köpfe zusammen, tuschelt und lacht. Meinen sie mich? Verwirrt fummle ich in meinem Haaren. Der Kellner balanciert drei gigantische Schalen mit Eis, zwei Wasser, einen Kaffee und meinen Capuccino auf seinem Tablett, das er zunächst auf meinem Tisch abstellt. „Bitte, Signora. Capuccino und Wasser. Der Chef kommt gleich." Dieses Mal zwinkert er nicht, und ich habe Angst, etwas falsch gemacht zu haben. Als er Eis, Wasser und Kaffee verteilt hat, verschwindet er.

Ein großer, braungebrannter Herr tritt auf die Terrasse. Er sieht sich kurz um und kommt mit festen Schritten auf mich zu. Er trägt dunkle Hosen und dunkles Hemd, das er aufgeknöpft hat. Ich habe Schwierigkeiten, ihn anzusehen, ohne Schweißausbrüche zu erleiden. Er wirkt zu mächtig, zu undurchschaubar. Das Gesicht ziert ein stoppeliger Dreitagebart. Als er sich mir gegenüber niederlässt, lächelt er gekonnt nach Art des Hauses, lehnt sich zurück und schlägt seine langen Beine übereinander. Aus der Hemdtasche zieht er ein Päckchen Zigaretten, hält es mir hin und zündet sich eine an, als ich ablehne. „Bento sagt, Sie suchen Jakob?"

„Ja, Jakob Ahrens." Seine Vertraulichkeit wundert mich.

„Das ist eine traurige Geschichte. Kennen Sie ihn?"

„Er ist oder vielmehr war ein guter Freund von mir."

„War?"

„Wir haben uns aus den Augen verloren."

„Wann?"

„Vor etwa drei Jahren."

„Mamma mia! Und wieso wollen Sie ihn gerade jetzt besuchen?"

„Er hat mir einen Brief geschrieben."

„Diesen?" Er zeigt auf den Umschlag, der vor mir auf dem Tisch liegt. „Darf ich?"

Ich nicke, und er nimmt den Brief. Er scheint etwas nicht zu verstehen, sieht Jakobs Adresse lange an. „Wie kann das sein? Und den Brief haben Sie vor ein paar Tagen bekommen?"

Ich nicke und trinke mein Wasser in einem Zug leer.

„Vor drei Jahren hat er hier gewohnt. Da!", er zeigt auf das Haus Nummer 39. „Nur kurz haben sie hier zusammengelebt. Dann haben sie sich verkracht. Wissen sie, er und seine Ruth. Ganz plötzlich. Was böse Zungen reden, will ich nicht wiederholen. Nicht an einem so schönen Sommertag vor einer so hübschen Frau. Ich weiß nicht, ob es der Wahrheit entspricht, wissen Sie. Jetzt wohnt nur seine Frau mit den drei Kindern in dem Haus."

Seine Ernsthaftigkeit bereitet mir Unbehagen.

„Sie waren früher oft bei uns. Fast jedes Wochenende. Ich glaube, sie mochten es, unter Menschen zu sein. Es war nicht lange, dass sie zusammen hier gewohnt haben. Vielleicht ein halbes Jahr. Woher kennen Sie sich?"

„Ach, das ist lange her. Aus Studienzeiten."

„Welches Studium, verehrte Dame?"

„Medizin."

„Wow!" Er pfeift durch die Zähne. „Das ist wahrhaftig hohe Kunst! Mein Sohn studiert auch Medizin, aber in Rom. Ja, der Gute. Viel zu selten sehe ich ihn. Viel zu selten..." Er wirft einen verträumten Blick auf die Sonnen beschienene, ruhige Straße und steht ungelenk auf. "Jetzt muss ich mich aber entschuldigen. Die Arbeit ruft! Ich hoffe, ich habe Ihnen ein wenig weitergeholfen." Er lächelt mit wunderschön weißen Zähnen. „Ach! Und wenn Sie ihn treffen sollten, dann grüßen Sie ihn doch! Und seine schöne Ruth auch! Zweite Etage wohnt sie, glaube ich." Er macht einen Diener, wirft mir eine Kusshand zu und verschwindet in seinem Restaurant.

Vielleicht sitze ich viel zu selten in italienischen Restaurants. Es hat etwas leichtes, unproblematisches. Heimlich fange ich das mir zugeworfene Küsschen auf und packe es in die Reisetasche – für schlechtere Zeiten. Ich trinke meinen Capuccino leer, lege eine Menge Trinkgeld zurecht und steige die Stufen hinunter. Behandeln sie mich wegen des Trinkgeldes so wohlwollend?

Wäre eine Trennung Grund genug für Jakob gewesen, den Kontakt zu mir abzubrechen? Sicher war es ihm unangenehm. Vielleicht waren die Umstände alles andere als erzählenswert. Vielleicht hat ihn beunruhigt, ohne Kinder und intakter Familie nicht mehr respektiert zu werden. Ich erinnere deutlich lange Abende, an denen Lutz und Jakob stichelten, wer der bessere Familienvater sei. Ich habe schon immer zu Jakob tendiert.

Warum aber schreibt er mir einen Brief mit einer Adresse, die seit drei Jahren nicht mehr seine ist? „Was böse Zungen reden, will ich nicht wiederholen." Es muss noch mehr geben! Was will Jakob von mir?

Vor der Tür des Hauses Nummer 39 bin ich nicht sicher, hinter welcher Klingel sich das Kind versteckt. Die rechte oder die linke? „Liebling" lautet der linke Name, der rechte bleibt namenlos. Liebling ist nicht Ruths Mädchenname, das weiß ich. Ruths Name ist sehr einprägsam, aber erinnern kann ich mich nicht. Oder hat sie wieder geheiratet?

Schließlich drücke ich die namenlose Klingel.

„Hallo?" Es ist die Kinderstimme.

„Hallo. Ich bin es. Ist deine Mama jetzt da?"

„Nein."

„Lässt du mich trotzdem rein?"

„Nein."

„Ich kenne deine Mama. Und auch deinen Papa. Und dich kenne ich auch."

„Und du?"

„Ja, ich!"

„Wie heißt du?"

„Marie heiße ich. Und du bist die Josephine, nicht wahr?"

„Nein." Ich höre, wie das Kind den Mund zu einem Lächeln verzogen hat.

„Du bist nicht die Josephine?"

„Und du?"

„Die Marie!"

„Was machst du?"

Langsam fühle ich mich veräppelt. „Mach doch einfach auf, dann können wir uns besser unterhalten."

Stille.

„Hallo?", bemühe ich mich weiter.

„Hallo!"

„Bist du alleine?"

„Nein!"

„Sind deine Geschwister da?"

„Nein."

„Lässt du mich jetzt rein?"

„Was machst du?"

„Ich möchte mit deiner Mama sprechen!"

„Ja."

Ich höre das bereits bekannte Klicken und warte, ob das Kind den Türsummer betätigt. Kann das die jüngste Tochter Jakobs sein? Irgend etwas wirkt falsch! Kann das der hübsche, wache Säugling von einst sein, der mich hinter einem namenlosen Klingelschild „Arschloch" nennt? Warum ist dieses Kind verlassen in der Wohnung? Wo sind die Verantwortlichen? Ruth würde ihre vierjährige Tochter niemals alleine lassen. Nicht eine einzige Stunde. Dazu ist sie zu gewissenhaft. Kann es sein, dass sich Jakob und Ruth in drei Jahren so verändert haben?

Ich erschrecke, als die Haustür aufspringt. Ein junges Mädchen kommt mir entgegen. „Tach!" grüßt sie und hält mir die Türe auf. „Hier rein?"

Ich bedanke mich und stehe in einem hohen, erhabenen Treppenhaus, das eine wunderschön geschwungene Holztreppe ziert.

Das ist nicht billig! Ob Jakob auch in dieser Stadt eine Praxis führt? Und Ruth? Ob sie wieder arbeitet, da die Kinder größer sind? Oder ob sie noch eins hat? Vielleicht war das Kind nicht Josephine, sondern ein Bruder, von dem ich nichts weiß.

Vorsichtig steige ich die knarrenden Treppenstufen hoch und habe bei jeder Bewegung Angst, eine Wohnungstüre könne aufspringen und Ruth mir gegenüber stehen. Was würde sie davon halten, dass ich in ihrem Leben herumstöbere?

In der zweiten Etage gibt es wie erwartet zwei Wohnungstüren aus altem, weißlackiertem Holz. Die eine liegt gerade aus, die andere rechts. Vor der rechten stehen zwei Paar Schuhe ordentlich nebeneinander. Bunte Kindersandalen, daneben einfache, schwarze Damensandalen, wie sie mir zu flach wären. Von der Fußmatte lächelt ein grinsender roter Smiley, der an den Kellner aus dem italienischen Restaurant erinnert. Das Türschild bestätigt meine Vermutung, vor der richtigen Türe zu stehen. Dunkel eingebrannt und mit vier Igelchen verziert laden ein: Ruth, Paula, Ian und Josephine Kafka. Die Namen stimmen!

Irgendwo klappert Geschirr. Ich horche. Ein Stuhl wird gerückt. Oben läuft der Fernseher. Da ist auch das Kind wieder! Es redet gedämpft hinter der Tür.

Wie vom Teufel gepackt laufe ich die Treppen herunter, ziehe die Haustüre auf und zu und lehne mich außer Atem gegen die frisch renovierte Fassade. Was suche ich hier eigentlich?

Bento

*Die Hitze erinnert Bento an seine Heimat. Und an die Mutter
seiner Heimat – seine Mutter. Ihr Bild schimmert in seinem Kopf,
wie Sonnenstrahlen an heißen Tagen auf dem See.*

*Wie der lange Rock mit dem einen Ende im Gummi steckt, das
sich um die Taille spannt, und die geschwollenen Beine freigibt.
Das schmuddelige Hemd protzt vor dem prallen Bauch. Dichtes,
schwarzes Haar fällt klebrig ins Gesicht. Die runden Brüste wippen auffordernd. Der Mund leuchtet in dunklem Rot. Nur einmal
hat sie den Lippenstift weggelassen. Zur Beerdigung seines Vaters.*

*So hat sie jahrelang inmitten von abgeblätterten Wänden in dem
weitläufigen Innenhof gestanden und fremde Wäsche an Leinen
gehangen. Jahr um Jahr, Stunde um Stunde. Bento saß hinter dem
gesprungenen Küchenfenster und sah ihr zu. Er mochte nicht mit
den anderen Kindern spielen. Sie waren ihm zu laut. Er beobach-
tete seine Mutter. Jahr um Jahr, Stunde um Stunde. Die Plastik-
klammern, die sie in regelmäßigen Abständen aus der Schüssel
auf dem dreckigen Steinboden holte, hinterließen oft das einzige
Geräusch an langen Vormittagen.*

*Daran muss er denken, wenn es heiß ist. So heiß, wie es in dem
weitläufigen Innenhof ist.*

*Irgendwann durfte er nicht mehr hinter dem gesprungenen Kü-
chenfenster sitzen und seiner Mutter zusehen. Er musste zur Schule.
Heimlich dachte er weiter an seine Mutter. Dachte daran, wie sie
in dem weitläufigen Hof stehen und fremde Wäsche an Leinen
hängen, und wie der Vater ihr abends verdientes Geld abnehmen
würde. Wie er ihr auf den Po klatschen, mit ihr eine Pirouette
drehen und „Mein Prachtweib!" rufen würde. Jahr um Jahr, Stunde um Stunde.*

Dann ist der Vater gestorben, und der weitläufige Innenhof ist

*beengend geworden und die Hitze unerträglich. Bento ist nach
Deutschland gegangen und hat Arbeit gefunden. In kalten, deutschen Wintern ist er nach Hause gefahren, in seine Heimat. Sie
haben Feste gefeiert in dem weitläufigen Innenhof. Er hat geheiratet. Das Mädchen, das das Wildeste in dem weitläufigen Innenhof war. Sie sind in eine kleine Wohnung auf der anderen Seite
des Hofs gezogen. Gianna hat ihm zwei Töchter mit dichtem,
schwarzen Haar und ausgeprägten Lippen geboren. Er sieht sie
nur im Urlaub.*

*Das übrige Jahr denkt er an seine Familie und an seine Heimat.
Aber er vermisst sie erst, wenn es heiß wird. Dann weiß er nicht
viel mit sich anzufangen. Dann denkt er an seine Mutter, wie sie
in dem weitläufigen Innenhof fremde Wäsche an Leinen gehangen hat.*

*Er sehnt sich nach dem gesprungenen Küchenfenster und nach
der Ruhe in dem weitläufigen Hof. Dann wartet er auf den Feier-
abend. Dann ist ihm das Restaurant zu laut und die Arbeit zu
schwer. Ihn ärgern unzufriedene Kunden.*

*An einem dieser Tage will er in diesem Sommer eine alte Freun-
din vom Bahnhof abholen. Kurz bevor er aufbricht, benachrich-
tigt ihn die Freundin, sie käme einen Tag später.*

*Er fährt trotzdem zum Bahnhof, setzt sich auf eine der Bänke
und denkt an die Farben der Klammern, mit denen seine Mutter
fremde Wäsche an Leinen gehangen hat.*

*An diesem Tag verliebt er sich in die Stimme der Ansagerin des
Bahnhofs. Es ist eine feste Stimme. Leicht belegt. Immer wieder
gibt sie durch: Zugnummern, Abfahrtszeiten, Verspätungen.*

*Bis tief in die Nacht verharrt er auf seiner Bank und lauscht.
Irgendwann wechselt die Stimme.*

*Er schlendert durch die warmen Sommernacht und die glanz-
volle Innenstadt und stellt sich vor, welche Frau zu der Stimme
gehört. Nachts träumt er von seiner Mutter, wie sie in dem weit-*

läufigen Innenhof steht und mit der Bahnhofsstimme ein altes Kinderlied singt.

Seitdem verbringt er den Sommer damit, im Bahnhof der Stimme zuzuhören und sich auszumalen, wer sie besitzt. Nachts träumt er von seiner Mutter.

Heute haben die meisten Züge Verspätung. Das braucht viele Durchsagen. Sie haben verboten, auf den Bahnsteigen zu rauchen. Auch das fällt in ihren Aufgabenbereich. Er hat angefangen, ihre Durchsagen zu zählen. Das ist nicht leicht, denn von Gleis eins kann man nicht immer hören, was auf Gleis vier bekannt gegeben wird.

Immer noch nicht hat er herausgefunden, wem die Stimme gehört. Um sich zu erkundigen, ist er zu feige. An Tagen mit vielen Durchsagen erscheint er besser gelaunt bei der Arbeit.

Als er frisch geduscht und lachend das Restaurant betritt, schlägt ihm der Chef kumpelhaft auf die Schultern. „Gianna hat angerufen. Ruf sie mal zurück!" Er zwinkert ihm zu.

Bento ruft in Italien an. Sie haben kein eigenes Telefon in der Wohnung. Er muss über das Telefon seiner Mutter mit seiner Frau sprechen. Piedro sagt, Gianna sei zum Markt gegangen. Also spicht Bento mit seiner Mutter. Ihre Stimme ist fest. Leicht belegt. Unter freudigen Tränen berichtet sie, Gianna sei schwanger. In seiner Erinnerung sieht er, wie sein toter Vater ihr auf den Po klatschen, mit ihr eine Pirouette drehen und „Mein Prachtweib!" rufen würde.

Bento pfeift laut vor sich hin, nachdem er aufgelegt hat. Mit Schwung bedient er die Gäste auf der weitläufigen, schattigen Terrasse.

Es ist halb fünf. Die Hitze ist erträglich, und die Sonne beginnt, die Straße in Fotografenlicht zu tauchen. Den Briefumschlag halte ich schlaff in der rechten Hand, lehne erschlagen an der kühlen

Hauswand. Die Aktion ist eine Schnapsidee! Andere Leute sind vielleicht geboren für solche Abenteuer – ich nicht! Was will ich beweisen? Wie ein kleines Mädchen bin ich den Tränen nahe.

Die Sache ist unheimlich. Jakob schreibt mir einen Brief, versieht ihn mit einem Absender, der nicht seiner ist, und bittet mich, sofort zu kommen. Erregt öffne ich den Umschlag, ziehe das mittlerweile fettige Papier heraus. Ich überfliege die letzte Zeile. „Ich bitte Dich inständig: Marie, komm!"

Vielleicht meint Jakob gar nicht, dass ich ihn besuchen soll. Vielleicht meint er etwas anderes? Aber was?

Eine letzte Hoffnung flammt auf, und ich laufe zum Restaurant. Als sich meine Augen an die Dunkelheit gewöhnt haben, erkenne ich die hohe Theke, hinter der mein Keller pfeifend Gläser spült.

Er entdeckt mich, und sein Gesicht verzieht sich zu einem Grinsen. „Ah! Sie schon wieder! Was ich kann ich für Sie tun, schöne Frau?"

Ich lasse mir das Telefonbuch geben und schlage unter Kafka nach. Ich finde keinen Eintrag.

Währenddessen denkt er an seine Mutter, wie sie mit feurigem Mund fremde Wäsche an Leinen gehangen hat.

Ohne große Hoffnung suche ich nach Ahrens und finde Jakob, wohnhaft in der Straße, in der ich stehe, Haus Nummer 39. Beinahe wäre mir die Hand ausgerutscht! Beinahe hätte ich die Hand auf die hölzerne Theke geschlagen und „Verdammt!" gerufen, aber ich halte mich zurück. Stattdessen schüttele ich den Kopf.

Der Kellner stellt sich neben mich und schielt mir über die Schulter. Das hat heute schon jemand getan. Dieses Mal ist es angenehmer. „Haben sie ihren Freund immer noch nicht gefunden?"

„Nein. Und ich glaube fast, ich werde ihn nicht mehr finden..."

„Nicht doch, Signora!" Er sieht mich kurz von der Seite an. Als er wieder hinter der Theke verschwindet und die Hände ins Spülwasser steckt, zwinkert er.

Ruckartig reißt er die Hände heraus, wischt den Schaum in die dunkle Schürze und dreht das Telefonbuch zu sich. Kurz blättert er, dann sieht er auf. „Hier werden sie nichts finden. Das Telefonbuch ist alt. Schon vier Jahre! Der Chef schmeißt nichts weg!"

Ich starre auf die Jahreszahl und bin für einen Moment erleichtert. Ich lasse mich auf einen der Stühle nieder, stütze den Kopf in die linke Hand und seufze tief. „Ich bin so weit wie vorher!"

Der Kellner kommt hinter der Theke hervor und hält mir sein Handy unter die Nase. „Rufen Sie die Auskunft an!"

„Habe ich doch schon..."

Ratlos will er das Handy in die Hosentasche stecken.

„Nein! Mir fällt da etwas ein. Geben Sie es mir?"

Er reicht es mir, und die Auskunft bestätigt, dass Ruth Kafka genau da wohnt, wo ich es erwartet habe. In dieser Straße, Haus Nummer 39. Ich bedanke mich beim Kellner für seine Freundlichkeit und verlasse das Restaurant zwinkernd.

Dieses Mal drücke ich überzeugt und lange auf die Klingel ohne Namen.

Eine Frauenstimme meldet sich. „Ja?"

Das ist Ruth! Es klingt vertraut. Ich bin nicht vorbereitet. Erst kommt kein Wort heraus.

„Hallo? Ist da wer?"

„Ruth, bist du's?"

„Ja! Wer ist denn da?" Sie scheint verunsichert.

„Marie. Marie aus dem Norden. Marie mit Theresa, Moritz und Marvin. Marie von..."

„Marie? Du?"

Die Tür summt. Ich werfe mich dagegen und stampfe entschlossen die knarrenden Treppen hoch. Ich habe das Gefühl, am Ende einer langen Reise zu sein. Welch Illusion!

Ruth steht in der Tür. Sie lächelt fragend.

Ruth lächelt immer. Ich kann mich nicht erinnern, dass Ruth je anders ausgesehen hätte. Auch wenn es Ruth schlecht geht, lächelt sie, und nur Jakob behauptet, erkennen zu können, welches Gerümpel hinter der Fassade steckt. Ich mochte Ruth nie wirklich. Ich habe sie als Jakobs Frau akzeptiert. Habe mich mit ihr arrangiert. Er mag problematische Frauen.

Ich weiß nicht viel über Ruth. Es hat mich nie interessiert. Vor fünf Jahren sind ihre Eltern gestorben. Die Mutter an Brustkrebs, der Vater zwei Monate später an Liebeskummer. Ruth ist etwas aufgeblüht. Sie ist natürlicher geworden. Ansonsten ist sie eine verlogene Person. Sie schafft es nie auszudrücken, was sie will. Sie hat Freunde, die sie unaufhörlich in Anspruch nehmen und ausnutzen, und denen sie trotzdem alles Recht machen will.

Auf Partys hat sie Lutz oft erzählt, welche ihrer Gäste sie nicht ausstehen könne, schloss aber diese Bosheiten immer mit dem Satz ab: „Aber nein, es ist ja schön mit ihnen!" Ich glaube, sie selber merkt das gar nicht. Ihr Leben besteht aus dem Bemühen, um jeden Preis zu gefallen.

Ruth ist immer gut gelaunt und fordert, dass es ihre Mitmenschen auch sind.

Sie hält an dem Glauben fest, das Leben sei schön und die Menschheit perfekt, alles andere krankhaft und pervers. Dem entsprechend hält sie nicht viel von Politik. Darüber hat sich Jakob häufig mit ihr gestritten. Er war schon als Student politisch engagiert. Ruth glaubt an Ordnung und Sauberkeit. Auffallen erscheint ihr als Todsünde.

Sie hat eine Strichliste geführt, wann es ihr gelungen ist, ihre persönlichen Interessen durchzusetzen. Die Idee hat ihr einer der unzähligen Psychologen aufgeschwatzt, zu denen sie rennt. Mich hat die Liste beim Betreten ihres Hauses immer peinlich berührt. Alle drei bis vier Monate kam höchstens ein Strich dazu.

Ich erkenne jetzt, dass sich einiges geändert hat. Ruth trägt die blonden Haare lang, wie es Jakob nicht mag. Sie ist dünner geworden. Ein schwarzes Sommerkleidchen wirkt, als hätte sie es vorher schnell übergeworfen. Ihre blau lackierten Fußnägel stechen in dem kahlen Flur hervor. Passend die blauen Augen.

Es riecht nach Salatsauce. Es riecht, wie es früher in Jakobs und Ruths Häuschen auf dem Lande roch. Es riecht heimatlich. Sehnsucht packt mich, dort zu sein, wo ich nicht fremd bin.

Mich durchzuckt der Gedanke, dass ich den ganzen Tag nicht mit meinen Kindern gesprochen habe.

Dann ist es still, und in dem alten Kastanienbaum trällert ein Vögelchen. So hat sie jahrelang inmitten von abgeblätterten Wänden in dem weitläufigen Innenhof gestanden und fremde Wäsche an Leinen gehangen.

„Mensch, Marie! Du bist es ja wirklich!" Ruth fällt mir um den Hals und gluckst in meine Haare hinein. Sie löst sich und sieht mir in die Augen. „Was treibt dich hierher?"

„Das ist eine längere Geschichte. Vielleicht erzähle ich sie dir lieber hinter geschlossener Türe."

„Entschuldige meine miserable Gastfreundschaft! Komm doch rein! Ich bin gerade mit dem Abendbrot beschäftigt. Wenn du magst, iss doch mit. Aber es ist nichts großartiges. Spaghetti. Das mögen die Kinder so gerne. Wenn du willst, kann ich uns Spinat machen oder Auberginen?"

Es ist mir jetzt schon zu viel. Ruth ist die Alte.

„Hier entlang!" Sie führt mich durch eine geräumige Wohnung. Hohe Decken und spärlich gefüllte Räume erinnern an eine Villa.

„Von außen sieht das Haus gar nicht nach so viel Platz aus!"

„Nein, es ist wirklich ein Goldstück. Nur durch Zufall habe ich es gefunden." Plötzlich bleibt sie stehen und dreht sich zu mir um.

Sie kneift die Augen zusammen und sieht mich eine Weile an. „Mit Jakob und mir – das weißt du?"

Meint sie die Trennung? „Dass ihr getrennt seid?"

„Geschieden!" Abrupt dreht sie mir den Rücken zu und versieht den Satz mit einem kräftigen Ausrufezeichen.

Ich bin überwältigt von dem Zimmer, in das wir treten. Es ist riesig. Nichts lässt auf Kinder schließen. Der Raum ist fast leer. An der Längswand liegt auf dem wunderschönen Holzboden eine Matratze, die ein weißer, leichter Überhang verziert. Dicke, weiße Kissen liegen um und auf der Matratze verteilt. Auf der anderen Seite ist eine lange Reihe Bücher angeordnet. Von der Decke baumelt ein weiter, weißer Stoffschirm. Gegenüber öffnen sich eine Balkontür auf eine im Grün versinkende Terrasse und Fenster mit langen, weißen Vorhängen wie Brautkleider. Ich denke an weiße Tauben.

„Nun komm schon!"

Sachte schleiche ich durch den Saal und betrete den Dschungel. Auf dem quadratischen Balkon steht ein Holztisch aus ländlichen Gebieten, und daran sitzen drei hübsche Kinder vor leeren Tellern und staunen mir entgegen.

Ian erkenne ich auf Anhieb. Seine Gesichtszüge sind die gleichen. Es sind Jakobs Züge. Kurze, dünne blonde Haare und grüne, lustige Augen und eine witzige Stupsnase. Ein zartes Kind, an das mich Marvin in letzter Zeit erinnert.

Paula hat sich verändert. Sie ist älter geworden. Sie trägt die braunen Haare modisch kurz, wie Ruth früher, sieht mich mit ihren dunklen Augen nachdenklich an. Sie kommt nach ihrer Mutter: das ernste, längliche Gesicht, die kräftigen Schultern.

Und Josephine. Aus dem properen Säugling ist ein Mädchen geworden. Ihre Haare sind phänomenal kurz. Sie hat Paulas dunkle Augen und ihre breiten Schultern. Nur der Mund erinnert an Jakob. Er ist geformt und gewellt wie ein Kunstwerk. Sie kniet auf ihrem bäuerlichen Holzstuhl, hält die Gabel in der geballten Faust und steckt sie sich im nächsten Moment mit dem Ende in den Mund. „Wie heißt du?", nuschelt sie. Mit dunklen Augen stiert sie mich an. Spucke läuft über das speckige Kinn.

„Marie heiße ich. Wir haben doch eben schon an der Tür miteinander gesprochen!" Ich lächle, wie man mit Kindern lächelt.

Josephine stiert weiter. „Was machst du?"

„Ich besuche euch. Und was machst du?"

Ihr Blick weicht keine Minute von meinem Gesicht. „Fine!"

„Fine heißt du? Das ist aber ein schöner Name!"

An ihrer Seite kichert der Bruder.

„Und du?", fragt Josephine weiter.

„Was denn, und ich?"

Ohne zu überlegen, spuckt sie mit unbewegtem Gesicht in meine Richtung und stellt sich auf den Stuhl. „Arschloch!"

Paula prustet los.

Ian beschwert sich: „Mann! Josephine!"

Ruth, die immer noch in der Balkontür steht, nimmt mich an die Hand und zieht mich durch den Saal.

„Benehmt euch!", ruft sie gedämpft den Kindern zu.

Die Küche ist um die Ecke. Sie verbirgt keine Reichtümer, wie ich gehofft habe. Keine Küchenmaschinen aus dem vorigen Jahrhundert, keine Gemälde aus renommierten Museen. Es ist eine schlichte Einbauküche mit einer leeren Pinnwand neben der Tür.

„Ja, das sind sie, die Drei. Groß geworden, he? Mit Josephine ist es nicht leicht im Moment. Da darfst du dich nicht dran stören. Eigentlich ist sie ein liebes Kind."

Ich lächle krampfhaft. Auch hier steht ein bäuerlicher Holztisch, an den ich mich setze und Ruth helfe, Paprika zu schneiden. „Wo hast du diese schönen Tische her?"

„Mein Großvater hatte einen Gutshof. Als mein Vater gestorben ist, habe ich einige Kleinigkeiten geerbt."

Kleinigkeiten? „Ich wusste gar nicht, dass man in einer Großstadt so umwerfende Wohnungen findet."

„Es war pures Glück. Freunde haben vorher hier gewohnt. Für
uns vier ist es fast ein bisschen groß. Aber für Josephine ist es das
beste. Sie braucht viel Platz. Ein eigener Garten wäre natürlich
noch schöner! Aber auch so sind wir glücklich." Ruth fragt mich
nach unserem Haus. Nach den Kindern. Nach dem Ehemann.

Ich erzähle ihr von der Scheidung.

Sie sieht mich an, als wäre eine Katastrophe passiert.

Ich lächle verkrampft, schmeiße den Abfall in den Müll. „Dann
sitzen wir im gleichen Boot. Alleine mit unseren drei Kindern."

Jetzt ist es Ruth, die verkrampft lächelt.

Nach dem Abendessen verbringt sie etwa eine Stunde damit, die
Kinder ins Bett zu bringen. Ich sitze auf dem Balkon und sehe
zwei brummenden Bienchen bei der Arbeit zu. Mit einem Ohr
verfolge ich den Kampf zwischen Mutter und Tochter. Paula und
Ian waren innerhalb weniger Minuten folgsam. Josephine beweist
das Gegenteil.

Schon das Essen ist schwierig gewesen. Josephine hat zweimal
das Milchglas umgeschmissen. Dann untersagte Ruth ihr den Nach-
schub. Daraufhin brüllte das Kind, und ich wundere mich, dass
die Nachbarn nicht anklagend hinter den Fenstern erschienen.
Anschließend spuckte Josephine Ruth ins Gesicht, und als diese
sich nicht beeindrucken ließ, biss sie Ian wie eine Ratte in den
Arm. Ruth befahl ihr, ins Zimmer zu verschwinden, und zog ihr
den Stuhl unter dem kleinen Hintern weg. Josephine ließ sich auf
den Boden fallen und strampelte. In den schrillsten Tönen be-
schimpfte sie ihre Mutter als Arschloch und spuckte unsere Beine
nass. Schließlich packte die schmächtige Ruth das wütende Unge-
tüm und schliff es in den königlichen Saal.

Es tat mir beim Zusehen weh! Mit Ruths Erziehungsmethoden
werde ich mich längere Zeit auseinandersetzen müssen, um sie zu

akzeptieren.

Josephine verbrachte den Rest des Abendbrots damit, die Scheiben der Balkontür zu bespucken und das Ergebnis in großen Kreisen zu verschmieren. Wenn jemand den Fehler machte und ihr Aufmerksamkeit schenkte, stieß sie ein inbrünstiges „Arschloch!" aus.

Paula schwieg in Grabesstille, und Ian kommentierte munter die Spaghetti, die ihm mal zu klebrig, mal zu süß, dann wieder zu weich und zu schleimig waren.

Ein Gespräch war nicht möglich. Ich bin froh! Ich fühlte mich unwohl. Ein solches Abendbrot habe ich seit meinen lebhaften Studententagen, bevor ich Lutz kennen lernte, nicht mehr erlebt!

Früher ging es bei Ahrens Mahlzeiten sehr gesittet zu. Weitaus gesitteter als bei uns, und das will etwas heißen! Ist Jakob im Leben grundsätzlich locker, ist er bei Mahlzeiten pingeliger als mein nun lange verstorbener, störrischer Großvater auf traditionellen Familienfesten. In seinen Augen sind Mahlzeiten nicht die Zeit für nette Plaudereien.

Sie zeichneten sich durch Jakobs Anwandlungen ausgeprägten Patriarchentums aus. Er bestimmte, was geredet wurde, und die Kinder mussten schweigen. Sie durften erst nachnehmen, wenn die Erwachsenen es taten, mussten aufessen und sich vor dem Trinken den Mund abtupfen. Jakob hielt lange Reden über Politik und Gesellschaft, grundsätzlich mit negativem Unterton.

Im Nachhinein klingen seine Worte wie die eines enttäuschten Mannes, der die Schuld für sein Unglück nicht nur seiner Frau, sondern der gesamten Welt in die Schuhe schiebt. Jetzt fehlt mir Jakob. Er hätte mit Sicherheit Ordnung in das abendliche Chaos gebracht!

Josephine kommt durch den Saal gedüst und baut sich mit ihren klebrigen Händen und dem tomatigen Mund vor mir auf. „Wie heißt du?"

Sie lächelt, und es ist ein schönes Lächeln. Jakobs rundes, echtes Lächeln.

Ich bin verunsichert. Ich sehe zu Ruth, die in der Balkontür erscheint, dann zu Josephine. „Das weißt du doch längst!"

„Was machst du?", erwidert sie, ohne mit der Wimper zu zukken.

„Ich sitze hier und habe gerade zu Abend gegessen."

„Wie heißt du?"

Ruth unterbricht unser Zwiegespräch unsanft: „So, Josephine, es reicht! Du verschwindest ins Bad! Geh schon mal Pipi machen, ich komm gleich!"

„Nein!" Das Mädchen strahlt der Mutter auffordernd ins Gesicht und versteckt sich in der hintersten Ecke des Dschungels. Es dauert eine ganze Weile, bis Josephine sich kreischend und strampelnd ins Badezimmer zerren lässt. Die Zähne werden nicht geputzt. Aufs Klo will sie auch nicht. Gegen halb zehn herrscht Ruhe.

Ruth tritt genau in dem Moment auf den Balkon, als mir das Mädchen vom Mittag einfällt. Vielleicht ist sie doch ins Restaurant gekommen, um mit mir zu essen? „Mensch, ich habe was wichtiges vergessen! Ich muss noch einmal zu dem Restaurant unten an der Ecke. Bleibst du wach? Dann kann ich dir gleich alles erzählen?"

Verunsichert sieht Ruth mich an und bleibt in der Balkontür stehen.

Sie tut mir leid. Erst jetzt sehe ich die Ränder unter den sehnsüchtigen Augen.

Sie versucht zu lächeln. „Natürlich! Hat das nicht Zeit bis morgen? Aber kein Problem! Aber nimm den Schlüssel mit. Die Klingel ist so laut. Sag einmal, wo bleibst du denn heute nacht?"

Diese Frage will ich umgehen. Fast unmerklich zucke ich mit den Schultern. „Da findet sich schon was! Hier gibt es doch sicherlich ein paar nette Hotels in der Nähe."

„Aber, Marie! Es wäre doch wirklich dumm, ein teures Hotel zu bezahlen, wenn wir hier so viel Platz haben."

„Das ist nett von dir. Ich denke darüber nach."

Mein Kellner vom Nachmittag ist in dem vor Betriebsamkeit wuselnden Restaurant gegen drei sehr blonde und sehr deutsche Kellnerinnen ausgetauscht worden. Es nimmt dem Restaurant ein wenig den Charme und mir die Hoffnung, dass jemand das Mädchen wiedererkennen würde. Auf meine Beschreibung hin versichert man mir, dass sie sich nicht hat blicken lassen.

Etwas bedröppelt verlasse ich den Ameisenhaufen und vermisse das Augenzwinkern. Der Himmel zeigt sich in einem tiefen Dunkelblau, und die Straße ist erfüllt von Leben. Ich habe keine Lust, zurück in die Wohnung zu gehen. Was soll ich Ruth sagen? Das ist nicht die Ruth, die ich kenne. Das ist nicht die zuvorkommende, nette Paula. Das ist nicht der witzige Ian, der alle zum Lachen bringt. Und was ist das für ein Kind? Und wo ist Jakob?

Ruth lächelt, als ich auf den Balkon trete. Das Abendbrot steht nach wie vor auf dem Tisch. Ich bin froh, dass Ruth sich nicht die Mühe gemacht hat, es abzuräumen. Es erinnert an frühere, endlose Abendmahlzeiten mit Jakob und Ruth. Und Lutz.

„Erledigt?"

Erst weiß ich nicht, was sie meint. Dann nicke ich.

Der Balkon ist schön. Es duftet nach Sommer, und die erleuchteten Fenster der Nachbarhäuser verströmen Gemütlichkeit. Irgendwo wird gegrillt.

Dann fängt Ruth an zu weinen. Sie sitzt eingesunken auf ihrem breiten Stuhl und wischt hektisch die Tränen von den Wangen. „Entschuldige! Manchmal überfordert mich alles. Das hört auch wieder auf!"

Sie lächelt. Hebt plötzlich den Kopf. „Ich freue mich, dass du da bist. So eine lange Zeit! Was führt dich hierher?"

Ich weiß nicht, ob sie eine Antwort haben will oder ob ich freundschaftlich mitheulen soll.

Regelmäßigen Kontakt zu Jakob wird sie haben, schon wegen der Kinder. Weiß sie, dass Jakob und ich uns seit damals nicht mehr gesprochen haben?

Verschwörerisch lehnt sie sich zu mir und spricht, als wären wir 13jährige Freundinnen, die etwas verbotenes tun. „Willst du ein Gläschen Wein? Ich habe einen sehr guten da!"

Gerne möchte ich Wein.

Sie steht auf und streift das Kleidchen zurecht.

Während sie in der Wohnung verschwindet, frage ich mich, warum sie sich über meinen Besuch freut. Ich habe ihr in den langen Jahren nicht ein einziges Mal nachgetrauert. Kann sie so naiv sein und denken, ich käme ihretwegen? Um mein schlechtes Gewissen zu beruhigen, denke ich an ihre Kinder, an die ich in den drei Jahren oft gedacht habe.

Sie hält mir den Wein unter die Nase. „Fein, nicht?"

Ich nehme ihr aus Angst, sie könnten zu Bruch gehen, die Gläser ab. Ruth ist nervös.

Auch das kenne ich nicht anders. Wenn sie Gäste hat, verausgabt sie sich so, dass sie nicht mehr zu gebrauchen ist.

Prompt kleckert sie, als sie den Wein einschüttet. Sie kichert wie ein Mädchen.

Lächelnd stoßen wir an. „Auf den Abend!", sagt sie.

„Auf das Leben!", sage ich und nehme dankend das Angebot an, hier zu übernachten.

Ich erzähle ihr die Geschichte des Briefes.

Lange regt sich nichts in ihrem Gesicht. Als sie aber den Brief, den ich ihr in die Hand gedrückt habe, fertig gelesen hat, schüttelt sie den Kopf, steht panisch auf und stellt sich an das morsche Geländer. Starrt hinaus in die schwärzer werdende Nacht. „Das verstehe ich nicht!"

Gegenüber wird übermütig auf einem Balkon gelacht.

„Jakob wohnt schon seit fast drei Jahren nicht mehr hier. Wie kommt er dazu, dir einen Brief mit unserer Adresse zu schreiben? Wie kommt er überhaupt dazu, dir so einen Brief zu schreiben?"

Ruckartig dreht sie sich um und schaut böse. „Hattet ihr denn keinen Kontakt?"

Ich erzähle von dem letzten Brief vor drei Jahren, in dem er von den Vorbereitungen für Josephines Geburtstagsfeier berichtet.

„Mein Gott! Was stellt er sich vor? Was ist das für ein Heuchler!" Ruth ist außer sich.

Über uns wird ein Fenster geschlossen. Ich schrecke zusammen.

So kenne ich Ruth nicht. Wo ist ihr Lächeln geblieben?

Zitternd nimmt sie Platz. Ihre Augen fressen sich in meinem Gesicht fest. „Entschuldige, Marie, das ist eine lange Geschichte und geht nur Jakob und mich was an. Aber merk dir eins!" Sie droht mir mit dem Finger. „Jakob ist abgehakt. Er hat hier nichts zu suchen! Ich will ihn nie wieder sehen!"

Vielleicht weil ihre Reaktion mich aus der Fassung bringt. Plötzlich rutscht das Weinglas aus meiner Hand und zerschmettert auf dem Steinboden.

Ruth schrickt auf. Dann findet sie ihr Lächeln wieder, geht betont ruhig ins Haus und holt Lappen und Eimer.

Schweigend sammeln wir die Scherben auf. Schweigend sitzen wir uns später gegenüber. Keine traut sich, den Wein anzurühren. Laut zu atmen. Eine Bewegung zu machen.

Schließlich erhebt sich Ruth und teilt mir mit brüchiger Stimme mit, es täte ihr leid, aber der Abend sei für sie beendet. Sie verabschiedet sich und stolpert in die dunkle Wohnung.

Ich trinke ihr Weinglas leer.

Erstaunlicherweise gelingt es mir, auf der Matte in dem weißen Saal in kürzester Zeit in den Schlaf zu finden. Gegen fünf wache ich verwirrt neben der Matratze auf und torkele schlaftrunken auf den grünen Balkon. Ich trinke den letzten Schluck des vergessenen Rotweins. Er schmeckt abscheulich. Der noch kühle Wind weckt meine Lebensgeister und flüstert mir die absonderlichsten Ideen zu, wie ich den nächsten Tag gestalten könnte. Was hetze ich Jakob hinterher, der es nicht einmal für nötig hält, mir seine Adresse korrekt mitzuteilen! Ich sollte mir ein nettes Hotelzimmer nehmen, italienisch essen gehen, durch Gärten und Parks stolzieren, Großstadtluft schnuppern, morgen teuer und fein shoppen und anschließend zurück zu Haus und Kindern fahren. Ich nehme mir fest vor, sie später anzurufen.

Natürlich kommt alles anders, als ich es mir ausgemalt habe. Gegen sieben fegt Josephine als erste Ahnung des Tages durch den Raum. Reizend nackelig verschwindet sie in der Wohnung und kommt kreischend zurück. Sie streckt die Arme wie ein Flugzeug aus und dreht Luftschleifen in dem weißen Raum. Es tropft warm und duftend von ihren stämmigen Kinderbeinchen vor meine Füße. Sie betrachtet ihr Werk, grinst mich an, nuschelt „Wie heißt du?" und saust davon. Zwischendurch legt sie Notlandungen ein, hält quietschend an und verteilt das Pipi in Kreisen auf Möbeln, Boden und Wänden. Ich erhebe mich von meinem Thron, besorge Eimer und Lappen und versuche mich als Putzkolonne. Der Lappen stinkt nach Rotwein, das Pipi nach Pipi, und allmählich wird mir schlecht.

Josephine freut sich über meine Beteiligung am Geschehen, bleibt anerkennend vor mir und dem Lappen stehen, quietscht und macht sich davon.

Ruth kommt verschlafen angewandelt, im Schlepptau Ian, der rote Schlafwangen hat. Sie lächelt mir unmerklich zu und steuert das Badezimmer an. Ian hinterher. Auch Josephine möchte mit, Ian aber knallt ihr die Tür vor der Nase zu. Josephine wirft sich zu Boden und zerfließt in erbärmlichem Geheul. Ich setze Wasser in der Küche auf und wische den bäuerlichen Tisch auf dem Balkon.

Josephine kommt mir bald nach, beobachtet mich auf Schritt und Tritt und wünscht mit ihren dunklen Augen, alles nachzumachen. Ich sage grundsätzlich „Nein!", und sie erwidert grundsätzlich „Arschloch!", stets ohne Überzeugung, als sage sie „Ok!"

Irgendwann frühstücken wir frische Brötchen, und dieses Mal ist es Paula, die ihren Kakao umwirft, und Josephine bricht in hysterisches Gelächter aus, und ich muss schmunzeln.

Sonntags sei Badetag, erklärt Ruth trocken. Anschließend habe sie eine Bitte. Heute sei der 40. Geburtstag einer guten Freundin. Sie feiere in einem Lokal an einem Gewässer, und mit Josephine könne sie unter keinen Umständen hinfahren. Erstens habe sie dann keine Ruhe, zweitens seien nach einer halben Stunde alle Gäste erbost, und drittens könne sie das Aufeinandertreffen von Kind und Wasser nicht verantworten. Ich sei ihre Rettung. Wir sollten uns einen schönen Tag machen.

Natürlich sage ich zu. Was bleibt mir anderes übrig?

Bis zwei nutze ich meine Freiheit, wandere durch die leeren Sonntagsstraßen, spähe in einzelne Fenster, lasse mich auf einer Bank an dem großen, dreckigen Fluss nieder.

Ich rufe meine Kinder aus einer Telefonzelle an. Eine männliche Stimme meldet sich. Es ist weder meine Schwester noch eines meiner Kinder! Leider können wir uns nicht verständigen, da wir nicht die gleiche Sprache sprechen. Ich bedanke mich recht herzlich und hänge ein. Ich wähle erneut. Die selbe Stimme! Kurze Zeit atme ich in den Hörer, weil ich vergesse aufzulegen. Was geht in meinem Haus vor? Ob das zu den von meiner Schwester angepriesenen Ländertagen gehört? Ich bin mir plötzlich sicher, dass ich am nächsten Tag die Rückreise antreten werde.

Als ich wieder bei meinen Gastgebern bin, bepinkelt sich Josephine zweimal, stopft sich eine im Badezimmer aufgelesene

Spinne mit den Worten „Oh Spinne!" in den Mund und verteilt die Erde der Sonnenblumen auf dem Balkon. Sie sieht aus wie ein Schweinchen. Trotz ihres lauten Gezeters stelle ich sie unter die zugegeben zwischendurch unangenehm kalte Dusche, stecke sie in einen pinken, unkomplizierten Jogginganzug und verfrachte sie ins Auto, das Ruth mir für den Notfall dagelassen hat.

Josephine und ich haben beschlossen, einen Ausflug zu machen. Ruth hat mich gewarnt, es grenze an Wahnsinn, mit diesem Kind die Öffentlichkeit zu erkunden, aber das hält mich nach einigen Überlegungen nicht ab.

Ich stöbere eine offene Apotheke auf, kaufe Riesenwindeln, binde sie dem staunenden Kind an Ort und Stelle um und frage den biederen Apotheker, wo man Sonntags mit seinem Kind spazieren gehen könne. Er empfiehlt ein Waldstück in der Nähe mit frei laufendem Wild und ein Eis im „Café Wildfang".

Josephine ist begeistert von der warmen Waldluft und verschwindet, bevor ich sie mit meiner Hand krallen kann, in den Tiefen des Unterholz. Meine Mitmenschen sehen mich mitleidig an, als ich das mir anvertraute Kind rufe und schließlich selber ins Dickicht stürze. Ein Strauch zerreißt mir die dünne Hose. Von Josephine keine Spur! Ich mache mir Sorgen und bereue meine Entscheidung, das Haus zu verlassen. Ich sehe bereits Polizisten mit Zähne bleckenden Kötern einmarschieren und den Wald umgraben.

Nach etwa einer Stunde komme ich an dem überfüllten Café Wildfang an, und kurz darauf erblicke ich Josephine. Mit großen Augen und dicken Backen steht sie vor einem Tisch, auf dem sich Eisberge stapeln. Die Omi füttert abwechselnd das wild gelockte Enkelkind und Josephine, die artig den Mund aufreißt und mit ernstem Blick das kalte Glück herunter schlingt. Die Familien am Nebentisch drehen sich zu ihr um, tuscheln und betrachten erleichtert ihre Nachkommen.

Unsicher begebe ich mich auf die Terrasse. Josephine beachtet mich nicht. Ich stelle mich hinter sie und spreche leise Liebenswürdigkeiten in ihr Ohr.

Als sie den Mund leer hat, flüstert sie „Arschloch!" und widmet sich wieder der neu erworbenen Omi und dem Eis.

Die Omi schüttelt die Dauerwelle und lächelt mich selig an. „Ach, lassen Sie doch! Wir schaffen dieses große Eis eh nicht allein."

Ich möchte erwidern, es ginge ums Prinzip, aber ich sehe, dass ich keine Chance habe. Ich setze mich zu der Omi und der blauäugigen Enkelin und starre Josephine an.

Später bedanke ich mich überschwänglich bei der Omi, die mir einen netten Plausch aufgedrängt hat, und nehme Josephine auf den Arm. Diese kreischt und schreit und kratzt und beißt, aber ich bin fest entschlossen. Hinter mir tuscheln sie. Im Auto halte ich eine Standpauke. Josephine sitzt gefesselt in ihrem Kindersitz, spuckt und flucht und brüllt. Bis zu Hause hört sie nicht auf, und ich fühle mich gut. Das hat sie verdient, kleines Biest!

Mit Anstrengungen schleppe ich sie in die Wohnung, schließe die Tür dreimal ab, begebe mich in die Küche und knalle die Tür zu.

Josephine kämpft eine Weile, dann ist es still. Später höre ich es singen: „Ein Männlein steht im Walde, ganz still und stumm." – immer die gleiche Zeile mit glasklarer Engelsstimme.

Zwischendurch rummst es.

Mir stehen die Tränen in den Augen. Das übersteigt meine Fähigkeiten! Ich sollte nachsehen, was sie treibt, aber ich traue mich nicht. Statt dessen rufe ich zu Hause an. Meine Schwester meldet sich. Ich heule, und sie braucht lange, um zu verstehen. Um mit meinen Kindern zu sprechen, fehlt mir die Kraft. Ich vergesse, nach dem fremdsprachigen Mann zu fragen. Es wird schon seine Richtigkeit haben!

Vor der Tür singt und rummst es, als fiele in regelmäßigen Abständen etwas zu Boden.

Vorsichtig wage ich mich auf den Flur. Josephine schlägt sich die Stirn auf dem Steinboden des Bades blutig. Sie kniet verrenkt und singt mit starrem Gesichtchen. Rotz, Spucke und salzige Tränen tropfen auf die Platten. Ihr Po ist durchnässt. Ich habe vergessen, die Windel zu wechseln.

Ich breche wieder in Tränen aus und setze mich neben sie. Ich bete, dass Ruth nach Hause kommt. Josephine will mir nicht zuhören. Sie will kein Eis, nichts trinken, nicht auf meinen Arm, nicht fernsehen, kein Buch. Sie will sich weh tun.

Schließlich zerre ich sie auf meinen Schoß und trage sie in ihr Zimmer. Es ist groß und hat viele Matratzen und einen weichen Teppichboden, und hier beruhigt sie sich vielleicht.

Das tut sie nicht! Sie geht zielstrebig zu ihrem Schrank, zieht alle Schubladen auf und reißt den Inhalt heraus. Ohne zu überlegen, bewegt sie sich von Wand zu Wand und zertrümmert das Zimmer. Nebenbei kreischt sie.

Ich bitte, schreie, versuche, sie zu halten. Sie ist zu stark. Ich bin am Ende. Ich gehe durch die große, leere Wohnung und setze mich auf den grünen Balkon. Nur manchmal höre ich gedämpfte Geräusche aus der Wohnung.

Ich halte es keine zehn Minuten aus, wandere von einem ins andere Zimmer. Ich fange an, Schubladen aufzuziehen, Schränke zu öffnen. Ich finde Fotos, alte Zeitungen, Kinderbilder, Steuererklärungen, Rechnungen, Briefe. Finde Überweisungen an Kinderpsychologen und Schulzeugnisse, die bei Ian sehr gut und bei Paula schlecht ausfallen.

Paulas Zimmer ist das größte. Es hat zwei Fenster nach hinten und ein wunderschönes Hochbett. Hier finde ich in einer Schreibtischschublade ein Foto von Jakob. Er steht unter einem Apfelbaum, streckt die Arme aus, als erwarte er jemanden und lacht lautlos. Neben dem Foto liegt ein Fetzen Papier mit lustigen roten Strichen und Figürchen: „Mein liebster Papa, ich möchte Dich so gerne einmal wiedersehen. Ich wünschte, Du könntest mich abholen. Vielleicht kommst Du diesen Sommer einmal vorbei. Oder wir können uns auch in der Stadt treffen." Der Brief bricht ab. Wo ist Jakob? Ich wünsche ihn her! Er soll das Chaos retten, uns am Abendbrottisch versammeln und Ordnung ausrufen.

In dem Moment höre ich die Wohnungstür aufspringen. Josephine kreischt und rummst und wirbelt.

Ich laufe Ruth entgegen. Wieder kommen Tränen. „Es tut mir so leid! Ich wusste nicht mehr, was ich machen soll. Es tut mir so leid!" Ich schäme mich.

Ruth lächelt stillschweigend und peilt das Zimmer ihrer jüngsten Tochter an. Paula starrt mich an. Ian sagt, das sei normal, und setzt sich vor den Fernseher in Ruths nüchternes Schlafzimmer.

Vorsichtig nähere ich mich Josephines Zimmer. Ruth sitzt mit dem Rücken zur Tür und hält die kreischende Josephine fest umschlungen zwischen den Beinen. Ich will etwas sagen, aber ich traue mich nicht. Ich setze mich in die Küche und höre dem Geschrei zu. Nach und nach hört es auf. Schließlich liegt Josephine laut weinend in den Armen ihrer Mutter und vergräbt den Kopf unter ihrem Tshirt. Das erste Mal habe ich das Gefühl von Mutter und Tochter.

Ruth bedankt sich lächelnd für den schönen Tag. Ich solle mir keine Vorwürfe machen, so sei Josephine. Ich brauche Luft und mich selbst. Ich sage, die Nacht würde ich gerne in einem Hotel schlafen, und habe ein schlechtes Gewissen.

„Das ist gut so!", erwidert Ruth sachlich.

Sie ist mit fremd.

Es ist acht, als ich frisch geduscht und mit Ruths Parfums auf die Straße trete. Ich habe ein Höschen von Ruth an, das im Badezimmer in einem Regal lag, und fühle mich gut in echter Seide. Ich lasse mir ein mondänes Einbettzimmer in dem groß angelegten Hotel geben, das mir Ruth empfohlen hat. Es ist heiß, also spaziere ich durch die duftenden Straßen. Ich lande in meinem italienischen Restaurant und bestelle Mozzarella mit Tomaten, Pizza, Brot, eine Flasche Wein und Zabaione zum Nachtisch.

Schon bei der Vorspeise bleibe ich stecken und werfe die Pizza nach und nach dem gierigen Schäferhund unter dem Nebentisch zu. Mein Kellner vom Vortag bemerkt es, und ich werde anschaulich rot.

Er lächelt sein schönes Lächeln und wirft mir eine Kusshand zu. Ich trinke die Flasche Wein bis auf den letzten Tropfen leer und beobachte angeheitert die Gäste auf dieser wunderbaren Terrasse. Als ich zur Toilette will, merke ich, wie betrunken ich bin, und fühle mich herrlich. In der süßen Creme entwerfe ich ein Muster und gefalle mir sehr gut.

Irgendwann bin ich der letzte Gast und bestelle eine weitere Flasche Wein.

Mein Kellner bringt sie mir und rückt seinen Stuhl dicht neben meinen. Er stößt mit mir an und trinkt aus der Flasche. Er fragt mich über mein Leben und die Liebe aus.

Ich erzähle ihm nicht viel, aber meine bissigen Bemerkungen gefallen ihm. „Und Sie? Was haben Sie denn für Sex?"

Er sagt, das käme auf mich an, und rückt noch näher.

Später, in meinem komfortablen Hotel auf dem harten Fußboden, liegt er schnaufend auf mir und tut, als ginge es ums Überleben. Er hält es lange aus. Ich finde nicht sonderlich viel Spaß an ihm, lasse es aber geschehen. Soll er seinen Spaß haben!

Ich muss an den ersten Sommer meiner Studienzeit denken. Ich war frisch und jung und hatte keine Ahnung vom Leben. Es war ein heißer Tag, der nachts mit einem krachenden Sommergewitter endete. Ich besuchte meine Eltern auf dem Land und war auf dem Heimweg, der knapp eine halbe Stunde dauerte. Man darf in der

Gegend nicht schnell fahren, da es viel Wild gibt. Es ist mir schon passiert, dass ich ein junges Reh angefahren habe.

Mein Vater, der in der Stadt, in der ich studierte, seine Arztpraxis hatte, fuhr den Weg täglich, und seine Devise lautete: „Ich fahre langsam, denn wild bin ich nicht auf Wild." Überhaupt fand er sich umwerfend komisch!

Ich tuckerte durch den späten Nachmittag, als ein junger Mann am Straßenrand seinen Daumen ausstreckte. Er war barfuss und trug bunte Kleidung, und neben ihm im Gras lag ein dicker Rucksack. Ich dachte im erste Moment, den könnte ich mitnehmen und meiner Schwester vorstellen, die diesen Sommer im Haus meiner Eltern gammelte und an ernstem Liebeskummer litt.

Ich hielt also mit Herzklopfen. Der junge Mann sah unverschämt gut aus und war Portugiese, wie er erzählte. Er hatte attraktive Stoppeln im Gesicht und lange Haare wie Che Guevara. Den Gedanken an meine Schwester schob ich zur Seite und hoffte, aus mir könnte doch noch etwas werden. Er roch gut nach Natur und begrüßte mich mit einem Küsschen auf die rechte Wange. Er bat mich, ihn zum Bahnhof zu kutschieren, und legte eine Kassette mit nostalgischer Gitarrenmusik ein. Ich fuhr und genoss diesen Hippie an meiner Seite. Meine Kleider waren mir plötzlich zu sauber, meine Wohnung zu eintönig, mein Leben zu spießig.

Als der Bahnhof in Sicht war, fragte er, ob ich ihn nicht nach Portugal begleiten wolle. Ich traute mir keine Antwort zu. Wir gingen gemeinsam einen Kaffee trinken, und er bestellte Tee. Er erzählte von Portugal und seinen Freunden und seiner kleinen Tochter. Ich verstand nur Fetzen, da sein Englisch schlecht war, aber es klang schillernder und aufregender als die Reiseführer, die meine Schwester verschlang. Mir wurde klar, das wäre die Chance meines Lebens. In Portugal lockte das wahre Leben und ein Ausweg aus meinem anstrengenden Medizinstudium. Ich ging alle Möglichkeiten durch. Ich hatte sogar Geld auf dem Konto!

Ich habe es lange nicht verstehen können, aber ich widerstand der Versuchung und kehrte in mein Studentenleben zurück. Am Bahnhof knutschten wir, bis wir blau anliefen, und anschließend fuhr ich stundenlang weinend durch die Stadt. Zwei Monate später lernte ich Lutz kennen und verliebte mich. Mit den wilden Träumen war es endgültig aus.

João hieß er und ich frage mich, was aus ihm geworden ist. Sicher hat er einen Haufen Kinder gezeugt und sie im Wald groß gezogen. Bei dem Gedanken muss ich lachen und bemerke nicht ganz ohne Freude, dass mein Kellner sein Werk für vollbracht hält.

Er zieht sich leise an, verlässt das Zimmer, und ich falle ins Koma.

Gegen Mittag schrecke ich hoch und kann mich nicht erinnern, wann ich das letzte Mal so lange geschlafen habe. Ich dusche ausgiebig und fühle mich wie frisch geboren, mindestens zwanzig Jahre jünger.

An der Rezeption liegt ein Brief für mich: „Danke! Vielleicht sehen wir uns wieder! Bento."

Jetzt ist es aber gut, denke ich. Ich habe einen Exmann, drei Kinder, ein fertiges Leben und im Moment ganz andere Probleme. Vor allem habe ich einen Ohrwurm von dem „Männlein im Walde". Den Brief hebe ich aber auf und lege ihn säuberlich in meinen Terminkalender.

Ein Montagnachmittag liegt mir zu Füßen und die Entscheidung, ob ich nach Hause fahren soll. Ich stelle mir ein Ultimatum: Finde ich bis heute abend näheres über Jakob heraus, bleibe ich. Komme ich nicht weiter, fahre ich.

Ich fahre nicht! Nachmittags geschieht ein Wunder.

Zunächst laufe ich planlos durch die Innenstadt. Dann nehme ich allen Mut zusammen, um Ruth zu fragen, wo ich Jakob finde.

Sie wisse es nicht. Weder Adresse noch Telefonnummer, und es sei ihr auch lieb so. Sie bietet mir einen Tee an.

Ich lehne ab. Ich habe das Gefühl, in dieser Wohnung zu erstikken. Paula sitzt bei uns in der Küche vor einem Mathebuch und starrt mich unbeirrt aus tief dunklen Augen an. Ian ist bei einem Freund und Josephine noch im Kindergarten. Ich habe nichts mit diesen Leuten zu tun. Sie sind mir fremd, und es überfordert mich, mich auf sie einzulassen. Ich weiß, dass das feige ist. Als Entschädigung lasse ich meine Telefonnummer da und das Versprechen, mich zu melden, wenn mir danach ist.

Ich lächle Ruth in das freundliche Gesicht. Plötzlich empfinde ich Achtung vor ihr. Vielleicht lebe ich in einer Illusion. Vielleicht ist Josephine das wahre Leben. Und Ruth hält ihr stand. Eigentlich mochte ich Josephine gerne, mit ihrem „Arschloch!" und dem schönen Mund.

Die Sonne steht unerbittlich am Himmel und fordert mich auf, am Ball zu bleiben, ich sei kurz davor. Ich renne einigen Geschäften die Türe ein, weil ich nicht weiß, was ich sonst machen soll. Ich bin auf der Suche nach einer Idee, aber ich finde keine. Jakob ist verschollen.

Bis er plötzlich in der Fußgängerzone steht! Fast drehe ich mich vor Schreck wieder um und laufe davon. Aber er ist es! Er kramt in einem CD-Sammeltisch mit Angeboten ab 2.99 Euro. Er sieht aus wie immer. Schick gekleidet, modische graue Hose mit Taschen an den Beinen, ein kurzes dunkles Hemd, natürlich Turnschuhe. So lange ich Jakob kenne, trägt er Turnschuhe.

Ruth und ich haben oft versucht, ihn zur Vernunft zu bringen. In den Momenten waren wir uns einig. Es war uns peinlich, mit einem Mann in Turnschuhen essen zu gehen, aber er ist seiner Vorliebe nie untreu geworden. Heute trägt er weiße mit Streifen an den Seiten. Mit den kurzen braunen Haaren und dem straffen Gesicht, in dem sich nichts geändert hat, wirkt er zehn Jahre jünger.

Ich lasse mir nicht die Zeit, ihn lange zu beobachten. Fast stolpere ich über einen losen Pflasterstein und renne eine junge Mutter um. „Jakob? Das darf doch nicht wahr sein!" Die Fußgänger dürfen an meiner Freude teil haben. Sie drehen sich nach uns um und gehen glücklicher weiter.

„Marie?"

Wir sagen beide irgendwas und fallen uns in die Arme. Er riecht wie früher. Mit Schrecken fällt mir Ruths Parfum an meinen Kleidern ein.

„Du riechst gut!", sagt er und grinst. Ich hatte Recht. Josephines Lachen ist Jakobs Lachen.

Wir platzen gleichzeitig mit sämtlichen Neuigkeiten der letzen drei Jahre heraus und verstehen kein Wort. Mitten in der Fußgängerzone prusten wir los. Dabei landet Jakobs Spucke auf meiner Nase. Ich wische sie ab und umarme ihn noch einmal. Eine ganze Weile verharren wir und sehen uns tief in die Augen. Es wird Jahre dauern, um all das zu erzählen, was uns durch den Kopf schießt.

Wie benebelt laufen wir durch die Stadt zu seinem Auto. Er fährt einen dicken Benz. Wie hätte es anders sein können! Dass ich seinetwegen gekommen bin, will er nicht glauben. Den Brief erwähne ich nicht. Das Szenarium scheint zu perfekt.

Später, als wir vor einem dunkelroten Café in einer alten Straße unter grünen Bäumen sitzen, wird klar, dass wir gar nichts erzählen müssen und doch alles wissen. Wir sind nach einer halben Stunde vertraut wie vor drei Jahren, als er mir den letzten Brief schrieb.

Ich erzähle meine Geschichte von Streit, Scheidung, Familie und Leben.

Er erzählt seine Geschichte von Streit, Scheidung, Familie und Leben. Seit zwei Jahren ist er geschieden. Kurz nach Josephines erstem Geburtstag aber ist er ausgezogen. Nicht freiwillig. Ruth hat ihn vor die Tür gesetzt. Vor sieben Monaten hat er eine Arbeitskollegin geheiratet, mit der er in dieser Stadt eine Gemeinschaftspraxis führt. Sie hat eine Tochter in Theresas Alter, und es ist eine Traumehe, wie er sagt. Diese Worte kenne ich bereits aus seiner letzten Ehe. Aber ich weiß ja, wie das ist.

Der Nachmittag vergeht, und es ist zu schön, um wahr zu sein. Ich denke an den Brief in meiner Handtasche, aber ich lasse ihn, wo er ist. Er bereitet mir Unbehagen, steht stumm zwischen uns und verlangt nach Klärung, aber auch Jakob erwähnt ihn nicht.

Gegen acht brechen wir auf. Jakob hat noch einen wichtigen Termin. Er nennt mir ein gutes Restaurant und verspricht, mich später abzuholen. „Dann zeige ich die mein Haus, mein Pferd und meinen Pool."

Er lacht und springt davon und winkt, als er sich noch einmal umdreht.

Ich werde das Lächeln nicht mehr los. Das war also Jakob! Ich kann es noch immer nicht glauben.

Paul

20. Januar 2000

Paul war gefahren, weil sein bester Freund ihn überredete. Er hatte auch vorher schon daran gedacht. Das Thema interessierte ihn und die Stadt auch. Aber er war nicht der Typ, der sich mit fremden Studenten in holz verkleideten Seminarhäusern zum Diskutieren traf. Das dachte er zumindest.

Später war er erstaunt, wie wohl er sich fühlte. Es waren 26 Teilnehmerinnen mit ihm und seinem besten Freund. Unter ihnen die junge Frau. Sie liefen sich nur bei den Mahlzeiten über den Weg, da sie grundsätzlich unterschiedliche Arbeitsgruppen belegten. Vielleicht absichtlich. Sie hatte das Studium hinter sich. Hatte sich aus purem Interesse angemeldet. Erst auf dem Heimweg merkte er, wie verliebt er war.

Von da an lebte er in dichtem Nebel. Er dachte sich sein Leben. Die junge Frau war die Grundlage. Bald war er sich nicht einmal mehr sicher, ob sie so hieß, wie er sie nannte. Ihre Züge waren nur in Blitzmomenten scharf.

Genau ein Jahr später, am 20. Januar 2001 fing er an, die Zettel zu schreiben. Plötzlich war er wacher als sonst und plötzlich dachte er Sachen wie nie. Plötzlich jubelte er durch Luftschlösser und fiel in tiefschwarze Löcher. Und plötzlich wusste er, was sie meinten, wenn sie sagten „Nach mir die Sintflut".

20. Januar 2001

verspätungen. ein personenunfall auf den schienen. der zug muss warten. die fahrgäste sind genervt. paul ist fest entschlossen und fährt gerne zug. langsam, dann ist es billiger. er unterhält sich nicht. er liest ein buch und hat herzklopfen.

bahnhofshalle. zehn schreibmaschinenblätter, von hand geschrieben mit schwarzem edding. fest geklebt mit durchsichtigem tesafilm. der anfang geht verloren.

„sehr dunkle haare. dunkle augen. grüner rock. blaue jacke mit tier. lautes lachen an vollen tischen. ungefütterte schuhe im jahr 2000. ich liebe dich."

zurück fährt er mit dem ice, weil es nachts nichts anderes gibt. er fühlt sich, als habe er sein leben gewonnen.

die uni gibt ihm den namen der leitenden professorin. die schickt ihm die teilnehmerliste des damaligen seminars. er findet den namen. ohne adresse, ohne telefon, nur die stadt. auch hier hat er sich nicht geirrt. die auskunft kennt die telefonnummer und die straße. er fühlt sich verboten.

20. Februar 2001

er hat verdient. er leistet sich den schnellen zug. merkt, wie die leute sich freuen, wenn er sie anlacht. er ist nervös. ob noch welche hängen?

kein einziges. bahnhofshalle. zehn schreibmaschinenblätter, von hand geschrieben mit rotem edding. er hat das tesafilm vergessen und stöbert in einem der buchläden. er wird fündig. es ist kälter als im januar. ihm ist schlecht. die aufregung.

ganz oben der vorname. das k groß und rot. ein schneller blick auf die teilnehmerliste. das e leicht zu verwechseln.

„sehr dunkle haare. dunkle augen. grüner rock. blaue jacke mit tier. lautes lachen an vollen tischen. ungefütterte schuhe im jahr 2000. deine hausnummer die summe 3, deine straße alltäglich. ja, du! ich liebe dich."

nur knapp erwischt er den zug, weil er für das letzte blatt lange braucht. viele sind unterwegs mitten in der nacht. seine aktion ist ihm peinlich. er ist müde und freut sich auf sein bett.

20. März 2001

er hat kein geld. er fährt mit dem bummelzug. schon nachmittags. angekommen, kauft er einen stadtplan für sechs euro. schlechtes gewissen, was tut er da eigentlich? er fragt sich durch. die ersten blumen blühen. es ist schön. er formuliert sätze in seinem kopf. und wenn er sie trifft? sie würde ihn nicht erkennen. oder? eine alte straße mit alten häusern. mit lichtern in den fenstern. auf der klingel zwei namen. also? unbekanntes land. sein herz schlägt zu laut. ihm ist schwindelig. einer frau hilft er über die straße. der bus steht im stau. er isst bei mc donald fettigen burger. hier wird sie nicht auftauchen. oder?

bahnhofshalle. zehn weiße blätter, von hand geschrieben mit blauem edding. er läuft über alle gleise. vielleicht sieht er sie irgendwo? hinter gelben fahrplänen versteckt sie sich bestimmt. nachts hängt er fünf blätter in die halle und eins auf die ersten fünf gleise.

„sehr dunkle haare. dunkle augen. grüner rock. blaue jacke mit tier. lautes lachen an vollen tischen. ungefütterte schuhe im jahr 2000. deine hausnummer die summe 3, deine straße alltäglich. ja, du! eine vogelscheuche steht vor deinem haus in einem beet. nur so. du lebst nicht allein? wer weint, hat niemals unrecht, und wer lächelt schon wie du. ich liebe dich."

nachts ist es immer noch sehr kalt. im fahrtwind friert er. der kontrolleur kommt nicht. er ärgert sich nicht über die gekaufte karte.

zu hause ruft er sie an. sie hat einen anrufbeantworter, auf dem sie nichts sagt. nur wir. er freut sich über die stimme. sie ist es. zweiter versuch. plötzlich ist sie dran. hallo? er legt auf und fühlt sich einsam. er sieht sich einen liebesfilm im kino an. mit seinem besten freund, der ihm fremd ist. ob der liebe gott ihn liebt? er versucht es täglich. zu verschiedenen zeiten. sie lebt mit einem mann. er hat eine tiefe stimme und sagt nur ja. einmal maunzt *eine katze. oder kater.*

20. April 2001

er fährt ohne jacke, den pullover im rucksack. es gibt mehr kinder in den zügen als im winter. das erste mal erkennt er einen schaffner wieder und möchte grüßen. er unterhält sich mit einem jungen mädchen über die stadt, in die sie fahren. draußen ist es grün und bunt. und blau. er kauft ein bier im speisewage und dem mädchen auch. sie ist verlegen. es ist gemütlich. leider stinkt es nach wurstbrot.

es ist dunkel, als sie aussteigen. sie winkt zum abschied. er kennt den weg. an die straßenlaterne vor ihrem haus, die nicht funktioniert. blauer edding auf weißem schreibmaschinenpapier.

„sehr dunkle haare. dunkle augen. grüner rock. blaue jacke mit tier. lautes lachen an vollen tischen. ungefütterte schuhe im jahr 2000. deine hausnummer die summe 3, deine straße alltäglich. ja, du! eine vogelscheuche steht vor deinem haus in einem beet. nur so. du lebst nicht allein? wer weint, hat niemals unrecht, und wer lächelt schon wie du. nein, mit einem mann. und einem katzentier. gegen acht verlässt du das haus. was du wohl machst den ganzen tag? ich liebe dich."

nächstes blatt an die mauer hinter der bushaltestelle. hier nimmt er den bus zum bahnhof. er betrachtet das blatt durch die dreckige scheibe. alle können es lesen. ein betrunkener mann steigt ein und hält eine rede über politik. der busfahrer wirft ihn raus. er steht auf, ruft „unverschämt!" und geht mit.

mitten in einer großen stadt steht paul und weiß nicht warum. ihm ist kalt. er geht zu fuß. durch große straßen und die innenstadt. eine schöne treppe hinunter. und wieder hoch. und runter. und. in den himmel. irgendwo muss sie doch sein. im bahnhof ist es wie immer.

die frau in dem kleinen kiosk verkauft ihm schon das vierte mal in seinem leben eine cola.

bahnhofshalle. acht schreibmaschinenblätter, von hand geschrieben mit blauem edding. da, war sie das nicht? nein.

er langweilt sich. sie muss die blätter gesehen haben. er ruft an. sie klingt wie immer. vielleicht hat sie angst vor ihm und den blättern. vielleicht nicht. er kann nicht zur uni. er ist krank. er ist da, wo noch niemand war. was ist das für ein leben! er erzählt alles seinem besten freund. er ist verrückt!

er beschließt, aufzuhören. es hat keine zukunft! aber vielleicht freut sie sich! er ruft wieder an. er ist süchtig und weint sich in den schlaf.

20. Mai 2001

eine gute freundin bekommt ein kind. er schlägt den namen der jungen frau vor. vorsicht, das e!

jetzt heißt das kind so. bis abends sitzt er vor dem fernseher und weiß, dass es nichts zu tun gibt auf dieser welt. er hält es nicht mehr aus. er nimmt den letzten zug und weiß nicht, ob es richtig ist. im zug trifft er einen alten bekannten. er weiß, man muss immer tun, was zu tun ist. sie reden nett. plötzlich gibt es so viele sachen, die ein leben interessant machen. der bekannte wohnt in der stadt, in die sie fahren. der bekannte lädt ihn für eine nacht zu sich ein. paul sagt, er müsse erst etwas erledigen.

bahnhofshalle.

„sehr dunkle haare. dunkle augen. grüner rock. blaue jacke mit tier. lautes lachen an vollen tischen. ungefütterte schuhe im jahr 2000. deine hausnummer die summe 3, deine straße alltäglich. ja, du! eine vogelscheuche steht vor deinem haus in einem beet. nur so. du lebst nicht allein? wer weint, hat niemals unrecht, und wer lächelt schon wie du. nein, mit einem mann. und einem katzentier. gegen acht verlässt du das haus. was du wohl machst

den ganzen tag? dienstags bist du erst nachts wieder da. einmal
hat ein kind abgenommen. ob du dich freust? ich liebe dich. "

lässig nimmt er den bus. der bekannte wohnt in der nähe der
vogelscheuche. der bekannte besteht darauf, noch ein bier trin-
ken zu gehen. sie wandern durch die straße der frau. da hängt der
zettel an der laterne, den er auf dem hinweg aufgehängt hat. der
bekannte erzählt, dass es vorher ein anderer gewesen ist. das bier
schmeckt nicht. das gespräch auch nicht. paul will nach hause in
sein bett.

morgens fühlt er sich groß und frei. frisch geduscht wandert er
durch die straße. schulkinder mit ihm. so viel lebensfreude.

die zettel im bahnhof hängen nicht mehr. nur einer auf gleis drei.

er schreibt ihr einen brief.
ohne inhalt. ein weißes blatt mit zwei sätzen. ich liebe dich. freu
dich einfach.

20. Juni 2001
mit seinem besten freund, der guten freundin und dem kind, das
ihren namen trägt, ist er im urlaub. er genießt es.

20. Juli 2001
er liegt am strand und abends gehen sie essen, um den letzten
urlaubstag zu feiern. das kind verschläft die zeremonie in einem
tuch.

20. August 2001
er fährt mit dem schnellzug schon am frühen nachmittag, läuft
zum bus, strebt ihre haustür an. er klingelt. niemand öffnet. der
zettel hängt immer noch an der laterne. paul setzt sich auf die
stufe vor die tür und schreibt einen brief, in dem er alles erklärt.
mit seiner adresse und telefonnummer. er weiß nicht, ob er will,

dass sie anruft. er schmeißt das blatt in den briefkasten und schlendert durch die warme nachtluft zum bahnhof. er nimmt einen zug und setzt sich in seiner eigenen stadt in ein restaurant, um menschen an sich vorbei ziehen zu lassen. er beschließt, eine zeit ins ausland zu gehen. er möchte mit jemandem reden, aber mit einem fremden. er wird den nächsten menschen, der sich an den nebentisch setzt, ansprechen.

Wie in Trance finde ich das Restaurant und setze mich an ein freies Tischchen in die Fußgängerzone. Ich schüttele den Kopf. Da mache ich mich verrückt, verzweifle fast an meinem Vorhaben, und da steht Jakob plötzlich vor mir.

Eine gestresste Kellnerin kommt und empfiehlt mir Lasagne, dazu einen frischen Salat. Ich nicke. Dazu einen Viertel Liter Weißwein. Es ist besser als im Urlaub.

Bevor ich zu mir kommen kann, spricht mich am Nebentisch ein junger Mann an. „Also, darf ich?"

Ich achte nicht sonderlich auf ihn und verstehe seine Worte nicht auf Anhieb. „Was dürfen sie?"

„Mich zu Ihnen setzen."

„Wenn es Ihnen Spaß bereitet!"

Eine Weile zögert er, dann schiebt er einen Stuhl zurecht und setzt sich zu meiner Rechten. Wir streifen mit unseren Blicken eine Zeit lang durch die belebte Fußgängerzone.

„Und nun? Was wollen sie nun?"

„Nichts besonderes. Ich habe heute mit einer Sache abgeschlossen und werde jetzt mein Leben umkrempeln."

Jetzt sehe ich ihn mir genauer an. Er ist nicht hübsch, hat Pickel und einen schiefen Mund. Seine Haare gefallen mir. Sie erinnern an unseren Hund zu Hause. Er ist groß und schlacksig und wirkt wie ein langes Kind. Irgendwie rührt er mich. Und irgendwie hat er Charme. Ich muss über seine Naivität lächeln.

„Sie sind überzeugt, man kann sein Leben nicht umkrempeln?"

Ich lache und denke an Jakob. „Junger Mann! Wie alt sind Sie, wenn ich fragen darf?"

„23!"

„Sehen sie! Das meine ich. Was wollen Sie denn da umkrempeln?"

Eine Weile schweigen wir.

Die Kellnerin bringt mir Wein und Salat, und ich bestelle noch ein Glas für meinen Tischnachbarn. Ich schütte ein und trinke, ohne zuzuprosten. „Aber mutig sind Sie. Mich einfach anzusprechen. Ich würde mich das nicht trauen."

„Nein?"

„Nein!"

Ich esse den Salat. Er ist lecker, und ich bin froh über das knakkige Geräusch, das er macht. Nachdem ich die Hälfte verputzt habe, schiebe ich ihm den Teller hin und lege die Gabel dazu.

Er bedankt sich etwas zu umständlich und isst. Die Sauce läuft ihm am Kinn hinunter, und in dem Moment scheint sein Entschluss, das Leben umzukrempeln, nicht mehr ganz so fest. Mit dem Ärmel wischt er sich die Sauce ab und sieht mich verlegen an.

Ich komme ihm zu Hilfe. „Machen sie sich nichts draus! Ich habe drei Kinder zu Hause. Da ist so was an der Tagesordnung."

„Wie alt sind Sie denn?" Er spricht mit vollem Mund.

Das kann ich auch bei meinen Kindern nicht leiden. Ich warte, bis er aufgekaut hat, und antworte: „36."

„Da haben sie aber doch auch noch einiges vor sich."

„Das wollen wir erst einmal sehen."

Er lächelt und weiß nicht, was ich meine.

Ich auch nicht, aber das ist egal. Ich sehe ihm beim Schmatzen zu. Bis meine Lasagne kommt, halten wir den Mund.

Dann esse ich, und er erzählt, dass er an diesem Abend das Bedürfnis gehabt hat, einen Fremden kennen zu lernen. Er habe beschlossen, denjenigen zu wählen, der sich an meinen Tisch setzen würde. Das könnte von meiner Schwester sein! Nur, dass meine Schwester gelassener wirken würde. Der junge Mann stellt sich vor. Paul heiße er und studiere in dieser Stadt. Er erzählt ein bisschen von seiner Mutter, die niemals alleine ausgehen würde.

Ich lächle und erwähne nicht, dass auch ich das bisher nicht getan habe. Dann erzähle ich ihm meine Lebensgeschichte. Es macht Spaß.

*Plötzlich gibt es so viele Sachen, die ein Leben inter-
essant machen. Dann ist es still, und in dem alten Kastanienbaum trällert ein Vögelchen. So hat sie jahrelang inmitten von abgeblätterten Wänden in dem weitläufigen Innenhof gestanden und fremde Wäsche an
Leinen gehangen.*

Am Ende ist er beeindruckt. „Ich wusste nicht, dass man in ih-
rem Alter noch so viele Zweifel hat."
„Glaub mir, die Zweifel werden von Jahr zu Jahr mehr."
Jakob kommt um die Ecke.
„Zumindest bildet man sich das ein."
Einen Strauß roter Rosen schiebt er mir zu. „Ich sehe, du hast
längst Ersatz gefunden." Jakob, der alte Macho!
„Von einem Liebhaber war in Ihrer Lebensgeschichte aber nicht
die Rede", beschwert sich Paul.
„Manche Dinge verschweigt man besser." Ich zwinkere ihm zu,
lege Geld auf den Tisch und stolziere an Jakobs Arm davon.

Jakob, seine neue Frau Clara und deren Tochter Lena leben in
einem schicken Vorort, der – Wie hätte es anders sein können! –
ausschließlich aus Villen besteht. Die Architektur gefällt mir nicht.
Sie ist zu neu und zu weiß. Ich betrachte die alten Eichen, die
hohen Giebel, die großen Fenster. Aber das ist Jakob! Das Haus
gehört seiner Frau. Sie lebte hier bereits mit ihrem ersten Mann.
Sie ist nicht da, geschäftlich unterwegs. Eine Kinderfrau betreut
tagsüber die Tochter.
Jakob führt mich in ein offenes Wohnzimmer und bittet, Platz zu
nehmen. „Fühl dich wie zu Hause!" Er lacht und summt und verschwindet.
Ich strecke mich aus und streife meine Schuhe ab. Es riecht nach
Jakob. Ich erkenne die Möbel wieder, seine Platten, seine Kunst.

Eine Wand ist behangen mit Kinderzeichnungen in großen Rahmen. Von Paula, Ian und Josephine?

Nackte Füße stapfen durch den Flur. Im nächsten Moment steht ein dünnes Mädchen in Theresas Alter nackt im Wohnzimmer. Mit fester Stimme fragt sie: „Wer bist denn du?"

Ich erkläre ihr meine Beziehung zu Jakob.

Eine Weile sieht sie mich mit schrägem Kopf an. Sie hat bereits einen Brustansatz. Ob Theresa zu spät ist? Mit Bestimmtheit dreht sie sich um und stapft zurück. Eine Tür wird geknallt.

Kurz darauf erscheint Jakob mit zwei feurig roten Cocktails. Er setzt sich grinsend mir gegenüber. „Na, wie gefällt's dir in meiner neuen Heimat?"

„Ich habe Lena kennen gelernt."

Er lächelt mich an. „Wo ist sie denn?"

Ich gebe die Situation wieder, und er lacht. „Mädchen und Pubertät. Man sollte vorsichtig sein, wenn der Stiefvater plötzlich fremde Frauen anschleppt."

Auch ich lache und ziehe den Brief aus meiner Tasche. Ich beuge mich vor und lege ihn vor Jakob auf den Glastisch. Dann lehne ich mich zurück und warte auf die Erklärung.

Langsam nimmt er den Brief zu sich und sieht mich fragend an. Er besieht sich Adressaten und Absender und versteht nicht. Er öffnet und zieht das Papier heraus. Mit großen Augen überfliegt er die Zeilen und legt den Brief auf den Glastisch. Eine Weile schaut er mich stumm an. „Woher hast du den Brief?"

Ich bin erbost. „Wie! Woher habe ich den Brief! Aus meinem Briefkasten, du Idiot!"

„Aus deinem Briefkasten in deinem Haus? Und wann hast du ihn gefunden?"

„Genau genommen vor vier Tagen."

„Also letzten Donnerstag?"

„Exakt! Letzten Donnerstag!"

„Und du bist dir ganz sicher?"

„Natürlich bin ich mir ganz sicher!" Will er mich auf den Arm nehmen?

„Und wie kann das sein?"

Jetzt muss ich lachen. „Ja, solltest du das nicht wissen?"

Er steht auf und dreht einige Runden durch den Raum. „Das kann einfach nicht sein!" Er nuschelt Unverständliches.

Das Stapfen ist wieder hörbar, und die Tochter tritt mit glänzenden blonden Haaren und schwarzem

T-Shirt ein, das ihr bis zu den Knien reicht. „Wo warst du denn die ganze Zeit?" Sie stellt sich vor Jakob und verschränkt die Arme vor ihren jungfräulichen Brüsten.

„Ich hatte doch den Termin. Und danach musste ich noch Marie in der Stadt abholen. Darf ich dir vorstellen? Das ist meine alte Freundin Marie." Er nimmt das Mädchen bei der Hand, führt es zu mir und zeigt auf sie. „Und das ist Lena!" Er hebt Lenas Hand und lächelt. „Hol dir was zu trinken und setz dich zu uns!"

Lena löst sich aus seiner Hand und stapft davon.

„Hübsches Kind", bemerke ich.

„Und du müsstest meine Frau erst sehen." Jetzt grinst er, verfällt wieder seinen Wanderungen.

„Jakob, weißt du es wirklich nicht, oder spielst du irgendein dummes Spiel mit mir?"

Er bleibt ruckartig stehen und starrt mich an.

„Nein! Ich weiß es wirklich nicht. Die einzigen Briefe, die ich in letzter Zeit abgeschickt habe, waren Rechnungen an meine Patienten."

Ich trete zu ihm. „Was macht dich dann so nervös? Setz dich, trink dein Ding da und unterhalte dich mit mir! Wir sollten klären, wo dieser Brief herkommt."

Wie ein kleines Kind lässt er sich zu seinem Sessel führen. Er nippt an seinem Glas und sinkt in sich zusammen.

Ich bin endgültig verwirrt. „Hast du diesen Brief nicht geschrieben?"

Er holt tief Luft. Und erzählt die Geschichte von Streit, Scheidung, Familie und Leben noch einmal. Dieses Mal legt er den Schwerpunkt auf die Zeit vor drei Jahren. Ruth war nicht mehr mit seiner Art von Kindererziehung einverstanden. Bald war sie dann mit nichts mehr einverstanden. Sie wollte ihn nicht mehr.

Alles habe angefangen, als ihnen Paulas Grundschullehrerin mitgeteilt habe, das Kind sei leistungsschwach und auffällig. Paula verweigere den Sport. Ihre Leistungen seien extrem schwankend, obwohl sie ein kluges Mädchen sei und besonders viel Zeit in der Schule verbringe. Sie habe wenig Kontakte. Und wenn, sei sie so bestimmend, dass die Lehrerin die Kinder nach wenigen Minuten trennen müsse.

Diesen Teil der Geschichte kenne ich. Den erzählten Ruth und Jakob damals schon. Grundsätzlich mit einem belustigten Unterton. „Diese dumme Person", spotteten sie über die Lehrerin. Ich wusste aber nicht, dass es so gravierend war, dass sie mehrere Psychologen aufsuchten.

Ruth veränderte sich in dieser Zeit. Sie nörgelte an Jakob herum. Er konnte ihr nichts Recht machen. Sie mieden körperlichen Kontakt. Sie gingen nicht aus. Als letzten Versuch zogen sie in die neue Stadt, um zu retten, was zu retten war.

Paulas Psychologen stellten durchschnittliche Intelligenz fest. Ihre Therapeutin erwähnte zaghaft sexuelle Gewalt in früheren Jahren. Sie fragte, ob sich Jakob und Ruth so etwas vorstellen könnten. Für die brach eine Welt zusammen. Ihre Paula? Nein, sie konnten es sich nicht vorstellen. Wie könnte man sich so etwas vorstellen? Sie gingen die Personen in ihrem Umfeld durch. Man klärte sie auf, dass als Täter jeder in Frage kommt. Meist Männer, auch Frauen. Ihnen wollten keine Personen einfallen. Sie versanken in Schweigen und stumme Anklagen. Sie beschuldigten sich gegenseitig. Und glaubten nicht daran.

„Weißt du, wie schrecklich das war, Marie? Kannst du dir das vorstellen?" Er spricht mit bebender Stimme. Er spricht von wachen Nächten, von Zweifeln an sich selbst, von Tränen, von Ängsten, von Streit und von einer Welt, in der nichts sicher ist. Sie sind daran zerbrochen. Ihre Beziehung hat dem nicht stand gehalten.

Ruth ging auf die Barrikaden. Ihre Kinder waren plötzlich nirgends sicher. Sie holte Paula persönlich von der Schule ab, verbot ihnen den Umgang mit Freunden. Keiner war gut genug für die drei. Nicht einmal der eigene Vater. Sie forderte, Jakob sollte ausziehen.

Jakob war verzweifelt und müde und sehnte sich nach einer Änderung der Umstände. Er ließ sich darauf ein. Er hoffte, sie würden neues Land erreichen und anschließend mit den Kindern ein anderes Leben aufbauen.

Der Verdacht ist nie bestätigt worden. Paula spricht nicht darüber, obwohl Ruth und Jakob sie oft gefragt haben. Vielleicht hat sie so etwas im Fernsehen gesehen!

Sie achteten auf Zeichen, aber sie fanden keine. Vielleicht wollten sie keine finden! Sie fühlten sich überfordert. Die Psychologin sagte, es könnte auch andere Gründe haben.

Jakob suchte sich eine kleine Wohnung und kam langsam zu sich. Er schöpfte neue Kraft. Auch Ruth lebte auf. Paula gedieh nach dem großen Knall, das bestätigte die Psychologin. Jakob traf Ruth und die Kinder am Wochenende, um etwas zu unternehmen.

Das ging nicht lange so. Jakob merkte, dass er Ruth nicht mehr liebte. Es hatte sich zu viel verändert in den Jahren. Die letzten Monate hatten vieles kaputt gemacht. Auch Ruth sagte ähnliches. Sie beschlossen, getrennt zu leben. Die Kinder durfte er sehen, wann er wollte.

Als sie sich scheiden ließen, bestand Ruth auf das Sorgerecht.

Sie rechtfertigte sich mit psychologischen Gutachten über ihre Tochter. Sie sagte, sie könne es nicht verantworten, die Kinder aus den Händen zu geben. Sie hätte Angst. Sie hielt eine flammende Rede unter Tränen, und der Richter gab ihr Recht. Ruth bekam das alleinige Sorgerecht, und er durfte seine Kinder nicht mehr sehen.

Das durfte er nicht dulden. Es waren seine Kinder! Sein Anwalt machte ihm nicht viel Hoffnung. Er kämpfte. Er schrieb Ruth lange Briefe, rief sie an, fing seine Kinder nach dem Kindergarten ab.

Alles, was er erreichte war die endgültige Absage an ihn als Vater.

Seitdem hat er seine Kinder nicht mehr gesehen. Sie gehen in unbekannte Schulen. Josephine in einen ihm fremden Kindergarten. Ruth versteckt sie vor ihm. Heute sei er es leid. Er könne nichts tun. Er hoffe, es gehe ihnen gut. Vielleicht, wenn sie älter sind...

Danach ist es lange still. Ich denke an Ruth, an Paula, an Ian und an Josephine. Denke an vergangene Abende und sehe ihn mit Ruth lachen. Sehe ihn mit seinen Kindern.

Ich fange an, von meinem Besuch bei Ruth zu erzählen.

Seine Stieftochter Lena, die vor wenigen Minuten durch die Tür gestapft ist, sitzt auf dem Boden und hört gebannt zu. Ob so etwas gut für Kinderohren ist?

Jakob schüttelt den Kopf. Er will es nicht hören. Es habe keinen Sinn. Er möchte nicht wie ein Spion nach seinen Kindern forschen.

„Sieht sie dir ähnlich, deine Tochter Paula?", fragt Lena.

Jakob sieht sie eine Weile an. Er scheint den Tränen nahe.

„Nein, sie ähnelt mehr ihrer Mutter", komme ich ihm zur Hilfe. „Sie ist so alt wie du!"

Das Mädchen braust auf: „Ich weiß!"

Jakob nippt an seinem Drink. Er versucht Haltung zu bewahren, aber seine Mundwinkel wollen nicht lachen. „Der Brief ist schön."

Träumerisch betrachtet er sein Werk. „Ich habe ihn damals geschrieben. Vor zwei Jahren. Kurz vor der Scheidung. Ich dachte immer, ich hätte ihn abgeschickt. Ich habe auf dich gewartet. Jeden Tag und jede Nacht. Aber du bist nicht gekommen."

In dem Moment bricht Lena in lautes Schluchzen aus. Sie stellt das Glas auf den Boden und hält sich die Hände vor die Augen. „Und meine Mama?"

Ich denke, dass ich für heute keine weinenden Kinder mehr ertragen kann. Ich fühle mich unwohl. Ich verstehe nicht, was vorgeht.

Jakob steht auf und setzt sich zu Lena auf den Boden. Er nimmt sie in den Arm und wiegt sie, wie es Ruth mit Josephine getan hat. „Lena, es ist doch alles in bester Ordnung. Das ist schon zwei ganze Jahre her. Marie und ich haben uns lange nicht gesehen. Sie hat viele Fragen, und ich möchte ihr viel erzählen. Aber es wird sich nichts ändern. Es bleibt alles beim Alten."

„Und Mama?"

„Natürlich auch mit deiner Mama. Und mir dir. Hab keine Angst. Ich liebe euch beide, und niemand kann daran etwas ändern. Das weißt du doch." Das Kind schluchzt, und Jakob versucht, aufzustehen. „Komm, ich bring dich ins Bett. Es ist spät. Morgen ist auch noch ein Tag."

Lena steht auf und wischt sich die Nase in dem schwarzen T-Shirt ab. Die beiden verschwinden, und ich suche die Toilette. Neben der Eingangstür ist eine. Unter der Decke schwirren Mükken.

Später sitzen Jakob und ich uns wieder gegenüber.

„Sie ist eifersüchtig. Sie hat Angst, ich hätte mich in dich verliebt und würde ihre Mutter alleine lassen", klärt er mich auf.

„Liegt das denn so fern?" Ich ziehe meinen Rock etwas höher.

„Marie!" Er ist empört. Ich frage nach Josephine.

Er weiß nicht viel. Damals war sie knappe zwei, aber entwickelte sich verspätet. Sie hat nicht gesprochen. Ruth ist auch mit ihr bei vielen Beratungsstellen gewesen. „Du kennst sie nach deinem Besuch wahrscheinlich besser als ich." Er ist ernst.

Ich würde ihm gerne mehr über seine Kinder und Ruth erzählen, aber er lehnt ab. „Und wie geht es dir jetzt?", frage ich schließlich nur.

Er überlegt genau, was er sagen soll. „Ja, mir geht es gut. Wenn ich an Paula, an Ian und an Josephine denke, geht es mir so schlecht, dass ich nicht mehr leben will. Aber ich zwinge mich und denke nicht an sie. Das Leben geht weiter. Lena ist da und meine Frau. Wir haben eine tolle Praxis und viele Freunde. Vieles ist sogar schöner, als es früher gewesen ist." Er trinkt in großen Zügen sein Glas leer. „Man entwickelt sich weiter. So eine Zeit ist prägend. Vielleicht verstehst du nicht, wie ich den Verlust meiner Kinder hinnehmen kann. Glaube mir! Das Leben ist so eingerichtet, dass man auch über solche Ereignisse hinweg kommt. Ansonsten würden wir schon an der eigenen Geburt scheitern."

Damit ist das Thema beendet. Er möchte mehr von mir wissen. Er möchte, dass ich all diese Erlebnisse unverdaut vergesse. Ich bemühe mich und doch will die Übelkeit nicht weichen. Ich habe Angst.

Er bringt mich in einem Gästezimmer unter, in dem ein weiches Bett steht. Ich liege lange in der Dunkelheit und starre an die Dekke. Meine Gedanken jagen sich. In einem wilden Chaos aus Bildern bringe ich Jakobs und meine Kinder durcheinander. Plötzlich sind da Bilder aus meiner Schulzeit. Eine uralte Freundin will mitmischen. In meinem Kopf dreht es sich, als hätte ich stundenlang in Wellen getobt. Ich muss noch einmal mit Ruth sprechen.

Im Morgengrauen schlafe ich ein.

Jakob arbeitet von halb neun bis um sieben. Lena kommt erst gegen eins aus der Schule, dann sind die Kinderfrau und deren

Sohn da. Jakob hat mir einen Brief auf den Küchentisch gelegt, in dem er herzlich klingt. Ich bediene mich in der weißen Einbauküche und streife durch das Haus. Es ist nicht wirklich groß, wirkt durch die Fenster und das viele Licht aber so. Die Badewanne begeistert mich auf Anhieb, und ich nehme ein ausgiebiges Bad. Ich komme endlich dazu, in dem Buch zu stöbern, das ich mir auf dem Bahnhof vor meiner Abreise gekauft habe. Ich brauche andere Gedanken.

Mittags stecke ich einen Haustürschlüssel ein und werde draußen einen Moment von der Hitze überwältigt. Bei Ruth drücke ich lange auf die Klingel.

„Hallo?" Es ist Josephine, und ich muss schmunzeln.

„Hallo, Josephine! Ich bin's, Marie. Ist deine Mami da?"

„Nein."

„Natürlich ist Ruth da!" Es tut sich nichts. „Hallo?"

„Hallo!", sagt das Kind.

„Drück mal auf den Knopf und lass mich rein!" Es atmet. „Josephine, bitte!"

„Arschloch!" Josephine grinst. Ich kann es hören.

„Dann häng den Hörer wieder ein! Dann klingele ich einfach so lange, bis deine Mama das hört."

„Ja."

„Gut. Bis gleich!"

Es tut sich nichts. Weiterhin kann ich Josephines Atem hören.

Dann kracht es in der Leitung, und ich kann nicht entscheiden, ob es Paula oder Ian ist. „Wer ist denn da, bitte?"

„Ich bin's! Marie. Ist Ruth da?"

„Ja."

Die Türe summt, und ich stemme mich dagegen. Josephine rennt an mir vorbei, die Stufen hinunter. Dahinter Ruth. Sie packt ihre Tochter, die sofort beginnt zu kreischen. „Dass die Kinder immer die Tür auflassen müssen. Die wissen doch, dass Josephine gleich wegrennt."

Fast fühle ich mich heimisch in dieser Umgebung, und setze mich zu Ruth in die Küche. Wir trinken Tee, und ich bin erstaunt, wie ruhig es in dieser Wohnung sein kann.

„Dass du so schnell wieder kommst, hätte ich nicht gedacht." Ruth lächelt mich an, und das erste Mal kann ich verstehen, was Jakob hübsch an ihr fand.

„Ich muss dich etwas fragen." Ich zögere einen Moment. „Darf ich die Tür schließen?"

Sie sieht mich erstaunt an. Sie runzelt die Stirn.

„Wegen der Kinder, meine ich."

Sie nickt und hört nicht auf zu lächeln.

Ich erzähle ihr von meiner Begegnung mit Jakob und möchte wissen, was daraus geworden ist. Aus dem Verdacht.

Ruth sagt lange nichts. Sie sieht aus dem Fenster und lächelt. „Mach die Tür wieder auf!"

Sie befiehlt, und ich gehorche.

„Das ist kein Geheimnis in dieser Wohnung. Nichts hat sich bestätigt. Paula hat nichts erzählt. Ich weiß aber, dass es wahr ist. Man sieht es ihr an. Sie setzt es seit einiger Zeit in Szenen um. Aber so etwas ist kein Beweis. Sie nennt nie seinen Namen. Sie nennt nie Zeit und Ort. So etwas gibt es im Leben eines kleinen Kindes noch nicht. Und sie war sehr klein. Kleiner als Josephine. Sie konnte nicht einmal laufen. Genau wie Josephine damals. Was gäbe ich darum, ihn lebenslang vom Leben auszuschließen. Aber ich kann es nicht. Selbst wenn es noch so viele Beweise gäbe. Ich kann nicht verantworten, dass meine Kinder all das noch einmal durchleben müssen. Ich möchte nicht wissen, was Jakob dir erzählt hat!" Mit der Faust schlägt sie auf den Tisch. „Du wirst es mir nicht glauben. Das glaubt mir niemand. Er lügt wie gedruckt!"

„Du meinst, Josephine wurde auch...?"

„Guck sie dir doch an. Sie war schon immer schwierig, aber als

Jakob ging, ist es eskaliert. Natürlich. Sie hatte Angst. Stell dir vor, was er ihr alles erzählt hat, um sie zum Schweigen zu bringen. Er hat ihr vermutlich gedroht, sie alleine zu lassen, wenn sie etwas erzählt. Und mich würde er töten. Und sich selber. Und was alles für Grausamkeiten! Und dann hat er sie alleine gelassen. So muss es in ihren Augen ausgesehen haben. Und dann ist ihre Seele an ihrer Angst gestorben. Bei Paula konnte es die Therapeutin auffangen. Trotzdem wird sie es ihr ganzes Leben mit sich tragen. Man kann von keinem traumatisierten Kind erwarten, dass es seine Muster aufgibt, um die in unserer Gesellschaft angestrebte Ordnung wieder herzustellen. Josephine war ganz alleine in dieser großen schwarzen Welt. Ihr Beschützer und Retter hat sie sitzen lassen."

Sie schluckt und rückt ein Stück näher zu mir. „Und ich könnte mich erhängen für meine blöde Gutgläubigkeit. Ich wollte die Andeutungen der Therapeutin nicht wahr haben. Auch nicht, als es immer schlimmer wurde, mit Paula, sobald Jakob von dem Verdacht Wind bekam. Ich wollte es nicht glauben. Das konnte nicht sein. Alles brach zusammen! Du wirst mir nicht glauben. Jakob ist ein toller Mann. Ein bisschen feige, aber durchaus patent. Ja, das ist er. Aber das ist er nicht nur! Und das ist sein Geheimnis. Und das Geheimnis meiner Töchter! Und ich würde es gerne in die Welt schreien und in jede Zeitung schreiben."

Sie ist laut geworden. Sie schlägt auf den Tisch und die Äderchen auf ihrer Stirn treten hervor.

„Aber ich kann es nicht. Denn es ist ein Pakt mit dem Teufel, den meine Kinder und ich eingegangen sind. Ich kann den Seelenmörder meiner Kinder nicht anprangern, weil auch meine Kinder dann verurteilt würden. Weil sexuelle Gewalt Tabuthema Nummer eins ist. Wer darüber spricht, den erklärt man zum Täter!" Hastig steht sie auf, und hastig trinkt sie Wasser aus dem Hahn. Sie bekleckert ihre Bluse.

Ich möchte sie stützen. Sie wirkt wackelig.

In der Tür steht Ian. Ich weiß nicht, wie lange schon. Er sieht seine Mutter nicht an, kommt zum Tisch. „Ich habe Hunger!" Seine glasklaren Augen leuchten böse. Dann geht er wieder, so ruhig wie er gekommen ist.

Bei mir macht es nur ganz langsam klick. Jakobs Gesicht vom Abend will mir nicht aus dem Kopf. Das kann nicht sein, denke ich und bemerke, dass es genau das ist, was Ruth mir prophezeit hat. Jakob war mir jahrelang so nah. Es gab Zeiten, da haben wir über alles gesprochen. Ich kenne seine Eltern, seine Freunde, kenne seine Geschichte, seine Hobbys. Kenne jede Falte in seinem Gesicht, weiß, was er für Kleidung trägt, was er am liebsten isst, welche Filme er sieht. Das kann nicht sein! Mir dreht sich der Kopf. Ich verspüre Angst, und meine Kehle schnürt sich zu. Ich habe das Gefühl, schreien zu müssen, um nicht zu ersticken.

Ruth stellt sich an den Herd und setzt Wasser auf. „Es gibt mal wieder Nudeln", sagt sie und lächelt, als wäre nichts geschehen. Sie holt Parmesan aus dem Kühlschrank und schüttet ihn in eine Porzellanschüssel. „Bleibst du zum Essen?"

Ich habe das Gefühl überzukochen. An Essen ist nicht zu denken. Auch nicht an Geselligkeit. Nicht mit Ruths und Jakobs Kindern. Ich brauche einen Szenenwechsel.

Jacky

Die Hände stinken, und braune Kruste blättert ab. Der kleinste Finger der rechten Hand ist verletzt. An der Fingerkuppe hat sich Schorf gebildet, der immer wieder abreißt. Dann dringt Blut aus und tropft mich voll. Die kleine Hand ist flink. Sie sticht sich nie an der Nadel, mit der sie arbeitet. Es ist stickig um uns herum.

Als die kleine Hand anfing, mich zu schmücken, standen die Türen offen. Es war noch nicht richtig hell draußen. Kühler Wind blies herein. Jetzt sind die Türen schon lange geschlossen. Ich weiß nicht, ob sie sie je wieder öffnen. Ich weiß überhaupt wenig. Aber ich will auch nichts erwarten.

Die zarten Hände, mit denen ich es heute zu tun habe, tun mir wohl. Am Vortag waren es andere. Sie waren rau und grob. Die heute sind kleiner und feiner. Sie haben noch keine Falten. Wenn ich nicht acht gebe, könnte es passieren, dass ich mich in sie verliebe. Seit neun Stunden halten sie mich und besticken mich mit wunderschönen Mustern. Ich strecke mich in all meiner Länge und atme tief durch. Ich genieße.

Wenn nur diese stickige Luft nicht wäre! Sie ist trocken und zäh. Manchmal legen die Hände mich kurz zur Seite und greifen nach der kleinen, zerschlissenen Plastikflasche, die neben dem Jungen steht, der sie steuert. Sie führen das Wasser an seinen Mund, und zweimal hatte ich Glück. Ein paar Tropfen sind seinem Mund entronnen und auf meinen schwarzen Körper gelaufen. Das ist angenehmer als das Blut aus der Wunde an dem rechten Händchen. Jetzt haben sie länger keine Pause gemacht. Vielleicht ist das Wasser leer. Manchmal höre ich, wie der Junge den Mund aufmacht, um sich die aufgeplatzten Lippen zu lecken.

Es ist viel los um uns herum. Neben dem Jungen sitzen auf beiden Seiten weitere Jungen. Und hinter ihm und vor ihm. Sie sitzen und sticken. Ich weiß nicht, ob sie einmal damit aufhören werden.

Die Hände des gestrigen Tages haben sich acht Stunden mit mir beschäftigt, dann haben sich mich zu meinen Brüdern auf einen großen Tisch gelegt. Dort haben wir uns die Nacht über unterhalten. Sie hatten viel zu erzählen. Sie waren schön geworden. Manche hatten gelbe Stickereien. Andere blaue und viele rote, wie ich. Einige hatte man durch Maschinen gejagt. Das waren die ersten, die einschliefen. Es muss anstrengend gewesen sein. Ich weiß nicht, was mir lieber wäre. Mein Leben lang in diesen wunderbaren Händen oder ein Klatsch mit meinen Brüdern.

Der Junge neben dem Jungen, der meine Hände steuert, ist plötzlich umgefallen. Jetzt liegt er auf dem kalten Steinboden und bewegt sich nicht. Meine Hände haben mich zur Seite gelegt, neben meinen Bruder. Er erzählt mir flüsternd, dass die Hände des umgefallenen Jungen klein und dünn waren. Fast konnten sie die große Nadel nicht halten. Aber trotzdem waren sie rauh und hatten viele Wunden und waren sehr schnell. Nur in den letzten zwei Stunden nicht mehr. Mein Bruder sagt, er konnte das Herzchen schlagen hören. Es war schnell und aufgeregt. Mein Bruder meint, der Junge wird seine Hände nie mehr bewegen können.

Bald kommen große Männer und schreien. Meine Hände packen mich und halten mich umklammert. Ich ziehe mich in sie zurück und rekele mich. Jetzt zittern sie, und jetzt kann auch ich ein Herz schlagen hören. Sie schaffen den umgefallenen Jungen weg. Meinen Bruder werfen sie in eine Ecke.

Dann fällt salziges Wasser auf mich. Das macht mir Angst. Salziges Wasser kenne ich bereits. Es tropft von der Stirn oder klebt am Bauch. Aber aus den Augen habe ich es noch nicht kommen sehen. Aber ich weiß nicht viel, und damit tröste ich mich. Es wird so richtig sein. Auch meine Hände sind nun langsamer. Ich betrachte mich und finde mich schön. Ich versuche, es meinen Händen recht zu machen. Strecke mich und entspanne mich.

Irgendwann wird es leerer um uns herum. Es herrscht Aufbruchs-

stimmung. Ich möchte bei meinen Händen bleiben und versteife mich. Da sticht die Nadel in den kleinen Finger mit der Wunde, und sie fängt an zu bluten. Das tut mir leid. Wieder fällt salziges Wasser auf mich, und ich versuche, mich zu entspannen, um es gut zu machen. Eine Weile ruhen die Hände. Der Junge fasst sich mit seinen dreckigen Händen an den Kopf und stöhnt leise. Es tut mir doch so leid!

Dann beschäftigen sich die Hände wieder mit mir. Es sind jetzt zehn Stunden, und ich werde müde. Die Hände wollen nicht mehr richtig. Ich merke das. Sie sind erschöpft. Genau wie ich. Sie legen mich zur Seite und reiben über die angespannte Stirn des Jungen. Ich würde gerne auch einmal. Aber so weit komme ich nicht.

Erst in der dreizehnten Stunde erstrahle ich in vollkommener Schönheit. Ich spiegele mich von allen Seiten in den Augen des Jungen. Ich bin stolz auf meine Hände. Sie haben mich in eine Schönheit verwandelt. Sie legen mich auf den Tisch. Ich sehe ihnen nach, bis sie in der dunklen Nacht vor den Toren verschwunden sind. Vielleicht kommen sie ja wieder. Eines Tages.

„Nein, es tut mir leid, ich kann nicht mit euch essen. Ich... ich habe noch etwas anderes vor." Ich hasse mich dafür, nicht die Wahrheit über die Lippen zu bringen.

„Gut. Dann bringe ich dich zur Tür!" Ruth trocknet die Hände in einem Küchentuch ab und geht zur Wohnungstür.

Im Hintergrund höre ich Josephine singen. „Ein Männlein steht im Walde, ganz still und stumm."

Ruth will mich verabschieden, da fällt ihr etwas ein. Sie verschwindet einen Moment und kommt mit einer Einkaufstüte eines bekannten Kleidungsgeschäfts wieder. „Ich habe ein Blüschen für Paula gekauft. Es ist ihr zu klein. Heute ist der letzte Tag, an dem man es umtauschen kann, und ich komme leider nicht in die Stadt. Bevor es hier verfault, nimm du es doch mit! Vielleicht passt es Theresa. Oder du gehst und tauschst es um. Der Kassenbon müsste dabei liegen!" Sie kramt eine Weile in der knisternden Tüte. „Ja, hier ist er. Bluse Jacky, 15 Euro. Es war ein Sonderangebot. Aber sie sagten, ich könnte es trotzdem umtauschen. Ich lasse den Bon drin, ok?"

Ich bedanke mich und drücke Ruth zum Abschied. Zu großen Worten bin ich nicht fähig.

„Ach, Marie! Ich kann damit leben, dass du mir nicht glaubst. Aber bitte tue mir einen Gefallen und betrete meine Wohnung nicht mehr!" Sie lächelt und sagt noch einmal tschüss.

Dann schließt die Tür laut und eindringlich, und ich brauche eine endlose Zeit, die Treppe nach unten zu finden.

In der Bahn wird mir die Tragweite von Ruths Aussage klar. Lena! Theresa? Ich springe von meinem Sitz auf, renne durch die lange Bahn und setze mich wieder. Der Schweiß steht mir auf der Stirn. Bilder laufen in mir ab, von Tagen, an denen Jakob alleine mit den Kindern war. Mit meinen Kindern. Mit Theresa. Ich möchte schreien. Ich möchte mein Kind vor mir haben und sehen, dass es ihm gut geht. Ich möchte, dass die Welt anhält und sagt, es sei nicht wahr. Es ist nicht wahr! Es kann gar nicht wahr sein! Doch nicht Jakob!

Ich laufe planlos durch die Innenstadt und weiß nicht, wohin mit mir. Ich habe Angst. Mir ist schlecht. Im letzten Moment schaffe ich es auf die Toilette bei MC Donald. Mein Magen dreht sich um, und mir ist schwindelig. Ich muss auf dem dreckigen Boden sitzen bleiben, um nicht mit dem Kopf auf den Stein zu knallen.

Was überhaupt meint Ruth? Was überhaupt ist sexuelle Gewalt. Ich versuche mir Bilder vorzustellen. Eine gewisse Ahnung habe ich. Wieder muss ich mich übergeben. Ich will es nicht wissen. Es macht mir Angst. So große Angst, wie ich sie nicht gekannt habe.

Irgendwie schaffe ich es zu Jakobs Haus. Irgendwie stecke ich den Schlüssel in die Haustür, und irgendwie lande ich in dem weichen Bett. Ich kann nicht mehr.

Ich starte den Versuch, meine Sachen zu packen und nach Hause zu fahren. Ich scheitere kläglich. Mir ist schlecht, und die Kinderfrau bringt mir einen Eimer zum Spucken. Sie kocht Tee und redet mir gut zu. Ich fühle mich furchtbar. Als hätte ich eine Lawine zum Rollen gebracht, unfähig, sie anzuhalten. Lena sieht nach mir und fragt, was los sei. Ich drehe mich zur Seite. Ich kann sie nicht ansehen. Ich zeige auf die Einkaufstüte, die in der einen Ecke des Zimmers liegt, und schenke Jakobs neuem Kind die Bluse. Lena freut sich und zieht sich vor meinen Augen um. Ich breche in Tränen aus und schäme mich. Es steht ihr gut.

Irgendwann ist Jakob da und sitzt neben dem Bett. Er nimmt mich in den Arm und wiegt mich. Ich weine laut und ohne Anstand. Sanft redet er auf mich ein.

„Ich war bei Ruth!"

Er reagiert sofort. „Aber, meine liebe Marie! Jetzt beruhige dich. Meine liebe Marie. Zu Ruth gibt es so viel zu sagen. Hör doch bitte auf zu weinen. Lass es mich erklären. Marie, bitte hör doch auf."

Ich werde stiller. Ich fühle mich geborgen. Es ist nicht! Jakob flüstert mir ins Ohr, wie es meine Mutter früher tat, wenn ich mich davor fürchtete, sie könne verschwinden. Ich höre sein Herz schlagen und seinen gleichmäßigen Atem.

„Du arme Marie. Was kann ich nur sagen. Ich weiß, was Ruth dir erzählt hat. Mein Gott! Du glaubst, es sei alles vorbei, nicht wahr? Es ist, als würde plötzlich der Boden zerbersten, und man kann sich nicht mehr halten. Aber Marie, ich bitte dich, mach dir nicht solche Sorgen. Mach dir um Himmels Willen keine Sorgen! Die Welt dreht sich wie eh und je, und ich bin nach wie vor der selbe, wie eh und je, und es wird sich nichts ändern.

Marie! Hör mir ganz genau zu. Ruth hat sich in etwas verrannt. Sie sucht nach Gründen für Paula und Josephine und für unsere gescheiterte Beziehung. Es ist zermürbend, wenn man nicht weiß, was mit den eigenen Kindern passiert. Es bringt einen an den Rand der Verzweiflung. Um nicht zu fallen, nimmt man viel in Kauf.

Erinnerst du dich, als deine Theresa drei Jahre alt war? Du musstest sie aus dem Kindergarten abholen, und sie war völlig außer sich. Zwei Monate litt sie unter Albträumen. Und niemand wusste, warum. Ihr wart beide sehr ratlos. Danach war es so plötzlich vorbei, wie es gekommen war. Ihr habt damals verzweifelt nach einer Ursache gesucht, weil ihr euch immense Sorgen machtet. Kannst du dir vorstellen, wie es ist, wenn so etwas anhält? Josephine ist vier, und wir haben sie nie anders kennen gelernt. Es gibt keine körperlichen Befunde. Das macht einen verrückt. Und es macht einen verrückt, wenn das Leben Kopf steht. Ich denke, du verstehst, was ich meine.

Aber Marie, nun hör doch auf! Ich bitte dich. Ich kann mir vorstellen, dass du Angst hast und dass du ganz durcheinander bist. Aber nun beruhige dich!"

Ich beruhige mich tatsächlich. Ich setze mich auf und sehe Jakob tief in die Augen. „Und du hast es nicht getan?"

„Nein, Marie, ich habe es nicht getan. Ich könnt es niemals tun. Es sind Verbrecher, die so etwas tun!"

Ich starre ihn an und fühle mich elend und müde. Meine Augen sind schwer vom Weinen.

„Aber wie kommt Ruth darauf, dass du es getan hast?"

„Das wird sie dir erzählt haben! Sie zieht Schlüsse aus Szenen, die falsch sind. Ich habe ja bereits gesagt, dass Ruth nach einer Erklärung sucht, und wer sucht, der auch findet!"

„Was für Szenen?"

„Ich weiß nicht, was sie gesagt hat. Vielleicht redet sie jetzt schon von etwas anderem. Früher hat sie mir vorgeworfen, ich würde mit Paula zu ausgiebig baden. Sie sei zu alt dafür. Sie hat gesagt, ich dürfe meine Tochter nicht so fest in den Arm nehmen, wenn sie nackt ist. Einmal hatte Theresa einen Pilz im Genitalbereich. Sie bekam eine Creme verschrieben. Ich habe ihr in ihrem Zimmer beim Eincremen geholfen. Ruth ist hereingeplatzt und hat mir die Tube aus der Hand geschlagen und die Sache übernommen. Solche Szenen. Ganz normale Szenen, die es zwischen Vätern und Töchtern gibt."

Ich nicke und nicke und nicke. Ich hole tief Luft und lächle Jakob an. „Es tut mir leid!"

„Es muss dir nicht leid tun, Marie. Es ist gut, wenn du mit offenen Augen durch die Welt gehst!" Er lächelt und küsst mich leicht auf die Stirn.

„Darf ich dich heute abend ins Kino entführen, damit du auf andere Gedanken kommst?"

Ich nicke auch jetzt.

Jakob lässt mich alleine. Er wolle mit Lena zu Abend essen, ich solle ein bisschen schlafen, um 22 Uhr gäbe es eine Spätvorstellung. Er wolle die Nachbarin bitten, auf Lena zu achten.

Ich nicke und schlafe auf der Stelle ein.

Es ist ein fabelhafter Film, und ich lasse mich zwei Stunden von den Bildern fesseln. Danach erwache ich wie aus dem Tiefschlaf und schlendere mit Jakob am Arm nach Hause. Nachts träume ich von meiner Schwester beim Sex. Morgens wache ich verwirrt auf, und es mir will nicht in den Sinn, dass ich sie auch nur ein einziges Mal dabei gesehen haben könnte.

Am Mittwochmorgen reise ich ab. Ohne Jakob zu informieren, fahre ich zum Bahnhof und muss keine halbe Stunde auf den richtigen Zug warten. Ich lasse ihm einen langen Brief zurück, in dem ich erkläre, ich bräuchte meine eigenen vier Wände, um all das zu verarbeiten und einzuordnen.

Plötzlich kann ich frei durchatmen. Plötzlich spüre ich wieder Boden unter den Füßen.

Und doch liegt mir meine Ankunft schwer im Magen. Muss ich Theresa fragen? Was würde sie sagen? Und die Jungs? Wie soll es weitergehen? Werde ich Ruth Ruth sein lassen können und vor allem Josephine Josephine? Es sind Jakobs Kinder, und ich bin ihnen nichts schuldig.

Ich freue mich auf meine Schwester. Sie wird sich alles anhören, die Stirn kraus ziehen und eine Lösung parat haben. Sie wir mir meine Angst nehmen. Weil die Welt nicht aufhören kann, sich zu drehen!

Ich erwarte ein apokalyptisches Chaos. Ich finde ein glänzendes Haus vor, eine aufgeräumte Küche, ein gebohnertes Wohnzimmer. Nur die Kinderzimmer erblühen in altbekanntem Durcheinander.

Und Stille. Das Haus ist umgeben von einem alten Garten, und die Straße ist selten befahren. Wie einen schweren Stein lasse ich die Reisetasche fallen und werfe mich so wie ich bin auf die harte, geblümte Couch im Wohnzimmer. Sogar der Hund ist auswärts.

Es ist drei Uhr nachmittags, und ich habe das Gefühl, die Zeit sei stehen geblieben. Das Knäuel der letzten Tage fängt bereits an, sich aufzulösen.

Wie schön ist es zu Hause!

Kaffee ist keiner da. Auch der Kühlschrank gähnt.

Beim systematischen Hinsehen finde ich hinter jedem Möbelstück Konfetti eines rauschenden Festes. Am Pinboard hängt die Mitteilung von Moritz Deutschlehrerin: „Seit drei Tagen ohne Hausaufgaben." Der Anrufbeantworter spuckt Nachrichten an meine Schwester aus.

Und im Bett meiner Schwester liegt ein wildfremder Mann und schnarcht.

Ja, schön ist es, endlich zu Hause zu sein!

Ich fahre einkaufen und treffe die Mutter von Marvins bestem Kumpel. „Da sind Sie ja wieder!" Süß säuerlich möchte sie, dass ich mich schuldig fühle.

„Und ihr Mann? Wo ist der?" Eine Weile kann sie nicht fassen, was ich gesagt habe, dann macht sie kehrt und quietscht auf Birkenstocksandalen davon.

Eigentlich kann auch ich nicht fassen, was ich gesagt habe, aber ich muss schmunzeln, als ich vor dem Kühlregal stehe und Fischstäbchen stapele. Seit Lutz und ich geschieden sind, beobachten mich die Mütter wie Habichte auf der Jagd. Da sie es nicht tun wollen, muss ich ihnen an die Nasen packen.

Zu Hause verputze ich eine Thunfisch-Pizza mit Extra Tomaten und denke nicht ohne Sehnsucht an die italienische Terrasse. Der Himmel ist bewölkt, es wird gewittern.

Gegen sechs ist es dunkel.

Da mir als Kind eingetrichtert wurde, während eines Gewitters niemals fernzusehen, ziehe ich den Stecker aus der Dose und schließe die Fenster. Beim ersten Donnerschlag zucke ich zusammen und krabble unter die Wolldecke auf der Couch. Es ist unheimlich und phantastisch zugleich. Wäre nicht die Angst, die nicht mehr weichen will!

Wie ein Blitz durchfährt mich, dass der wildfremde Mann sich noch nicht gezeigt hat. Einen kurzen Moment hege ich den Verdacht, er sei tot. So ein Irrsinn!

Der Sturzregen prasselt gegen die Scheibe, und die Welt tut, als wolle sie untergehen.

Wo ist meine Familie? Mir wird immer unheimlicher. Ich hätte sie gerne um mich.

Von weitem sind Sirenen zu hören. Das alte Haus knarrt. Dann donnert es gewaltig.

Und dann stehen sie vor mir: Theresa, Moritz, Marvin, meine Schwester und ihr sensibler Freund mitsamt tropfendem Köter. Bis auf die Haut durchnässt. Sie brechen in johlende Lachkrämpfe aus, als sie mich eingewickelt und zitternd entdecken, und legen einen Pool in meinem Wohnzimmer an. Meine Schwester stürzt sich auf mich, und nun muss auch ich mich umziehen. Bald hängen wir auf der nach wenigen Sekunden durchweichten Couch und bestaunen das Gewitter. Meine Schwester steckt den Fernseher wieder ein, um mich zu ärgern. Der Hund macht es sich beleidigt auf dem Holzboden bequem. Das wäre zu viel des Guten.

„Mama, jetzt muss Gott pupsen!"

Endlich ist es wieder da. Das Lachen meiner Schwester und mein eigenes Lachen. Mir wird warm und angenehm. Moritz bestaunt uns zweifelnd. Theresa sieht stur nach draußen, und Marvin lacht mit. Selbst der sensible Freund gibt Töne von sich. In diesem Moment fallen mir tonnenweise Steine vom Herzen. Es ist, wie es ist, sagt die Liebe.

Meine Schwester und ihr Freund duschen in dem einen Bad. Moritz und Marvin sind danach an der Reihe.

Theresa ordere ich zu mir in die Badewanne.

Der wildfremde Mann klopft zwischendurch an die Tür, und meine Tochter klärt mich auf. Es sei ein Bekannter meiner Schwester, der zur Zeit in der Gegend arbeite, aber noch keine Wohnung habe. Er wohne so lange hier, und meine Schwester und ihr Freund schliefen im Ehebett.

Theresa kichert, und ich betrachte mein nacktes Kind. Plötzlich mit schamhaften Gefühlen.

Aber es wären noch einige Freunde meiner Schwester da gewesen, begeistert sie sich. Und sie wären alle aus anderen Ländern gekommen! Sie steckt den Kopf unter Wasser und schleudert ihn so schnell wieder hoch, dass mir das Wasser ins Gesicht spritzt.

„Iih!", schreie ich und schütte ihr einen Eimer Wasser über den Kopf.

Wir toben und planschen, bis wir verschrumpelt sind, dann ziehen wir unsere Bademäntel über und trinken heißen Kakao.

Marvin hüpft mir auf den Schoß, vergräbt seine warmen Händchen in meinen Mantel und erzählt, dass sie in einem Zoo waren, in dem Leoparden leben. Dann erzählt er von einem Theaterstück, anschließend von Eisbergen, und ich muss an Josephine denken. Dazu komme ich aber nicht richtig, denn er zieht mich in sein Zimmer und führt indischen Kopfschmuck vor.

Nach einer Stunde habe ich einen Überblick, was in den letzten Tagen passiert ist.

Meine Schwester lacht; und ich sehe Moritz wegen seiner Hausaufgaben ernst an, und er erwidert „Jaja", und dann verschwinden meine Kinder glücklich und müde in ihren Betten. Glücklich?

„Fällt dir etwas komisches an Theresa auf?", muss ich meine Schwester fragen.

Meine Schwester kann nichts mit meiner Frage anfangen.

„Du bist doch ausgebildet in so was", beharre ich.

„Ach, Marie! In was man nicht alles ausgebildet ist..." Sie lacht.

Ich lächle verlegen. Dann gebe ich haargenau wieder, was ich in der großen weiten Welt erfahren habe. Der Freund meiner Schwester zieht sich aus der Affäre. Er müsse am nächsten Morgen früh arbeiten und unbedingt ins Bett. Meine Schwester küsst ihn zum Abschied und zischt ihm Feigling hinterher.

Mir ist nicht zum Lachen. Ich möchte, dass sie etwas sagt.

Sie erfüllt mir den Wunsch. „Und was ist das Problem?"

Ich wusste es. Meine Schwester ist abgebrüht. Ihr erscheinen Weltuntergänge wie Eierschalen im Kuchen. Ich weiß nicht recht, wie ich anfangen soll. Da ist die Angst. Die ich nicht einordnen kann. Die ich nicht kenne. Ich erläutere ihr das, so gut es geht.

„Du hörst dich an, als glaubtest du Jakob jedes Wort. Wenn das so ist, kann ich dir nicht helfen."

In diesem Moment hasse ich sie für ihre Überlegenheit. Ich merke, wie mir die Tränen kommen, und halte sie trotzig zurück.

Dann hält meine Schwester eine Rede über sexuelle Gewalt in Familien. Sie sagt genau das, was Ruth sagt. Nur wissenschaftlich unterlegt. Darüber hinaus erklärt sie mir, dass Ruths Anfeindungen gegen Jakob nicht so leicht zu nehmen seien, wie sie es tue. Jakob bliebe Vater seiner Kinder, und meistens sei die Loyalität der Kinder trotz langjähriger Gewalt zu stark, um durch Hassgefühle gekappt zu werden. Es gehe nicht darum, die Kinder in ihrem Hass dem Täter gegenüber zu unterstützen, sondern um eine Enthädderung unzähliger Fäden und Beziehungsgeflechte. Es sei eine Entwicklung von Jahrzehnten.

Ich brauche eine Weile, um die Wahrheit, die meine Schwester mir vor die Füße wirft, zu akzeptieren.

„Weißt du, Marie, Kinder denken sich so etwas nicht aus. Eine solch grausame Wahrheit existiert nicht in ihrem Vorstellungsvermögen. Kommt der Verdacht auf, kann er bestätigt werden."

Eine Weile schweigen wir.

Ich denke an meinen ersten Abend auf Ruths Balkon. Mir ist die Lust auf Wein vergangen. Mir ist die Lust auf Wahrheit vergangen. Ich möchte in mein Bett, die Augen schließen und lange schlafen.

„Marie! Ich glaube, du lebst in einer wunderbar rosigen Illusion. Vielleicht war dein Besuch bei Jakob die einzige Möglichkeit, dir die Augen zu öffnen. Das Leben ist gemein. Damit solltest auch du dich anfreunden!"

Jetzt fließen sie doch, die Tränen. Und der Abend endet, wie er es oft tat, als wir zehn, elf Jahre alt waren. Weil wir Angst hatten. Horrende Angst, die wir nicht einordnen, nicht benennen konnten. Weil meine Mutter nebenan im Wohnzimmer saß und weinte, und mein Vater nicht da war, und wir ein schlechtes Gewissen hatten, weil wir die Mutter nicht retteten. Wir weinten uns in den Schlaf, damit am nächsten Morgen alles wieder gut sein konnte.

Dann war da eine Zeit, da wurde unsere Verbundenheit auf eine harte Probe gestellt. Wir waren etwa 13 und 14. Meine Schwester wollte nichts mehr von mir und unserer Mutter wissen. Sie imitierte unseren Vater, verehrte ihn, ging abends mit ihm aus und schwärmte in der Schule über ihre gute Beziehung.

Ich blieb bei unserer Mutter, die immer öfter weinte und immer bitterer wurde, und schwieg.

Plötzlich scheuchte sie uns jeden Sonntag in die Kirche. Gingen wir nicht, dachte sie sich saftige Strafen aus. Sie bestand darauf, dass wir Kleider trugen und den Pastor nach der Messe zu uns einluden. Meine Schwester nahm das auf sich. Mir war es peinlich. Ich lief über Schleichwege zur Kirche, damit mich Schulfreunde nicht sahen. Jedes Mal blieb mein Kleid an einem Strauch hängen. Jeden Sonntag betete ich abends im Bett zum lieben Herrgott, er solle mich erlösen, ich könne einfach nicht an ihn glauben, er solle aber meiner Mutter ein Zeichen geben, das ihr beweisen würde, es gäbe ihn nicht.

Jeden Montagmorgen lief das Leben seinen gewohnten Gang. Freundinnen erzählten von Familienausflügen, ich schwieg, weil ich die Kirche nicht erwähnen wollte und das stille Haus.

In dieser Zeit sollte ich mittwochs plötzlich zu meiner Tante Viktoria fahren. Viktoria ist die Schwester meiner Mutter, drei Jahre jünger. Sie ist eine große, schlanke Frau mit kräftigen Armen und tiefschwarzem, struppigem Haar und lebte mit ihrer Tochter Bea in einer Wohnung unter einem alten Dach, in der es dunkel war und nach süßlichem Parfüm roch. Mir wurde schlecht davon.

Bea ist geistig behindert. Sie muss zu dem Zeitpunkt etwa drei gewesen sein. Sie konnte nicht sprechen und nicht laufen. Immer sah sie mich aus der gleichen Ecke des wüsten Zimmers an, wenn ich kam.

Meine Mutter verlangte, dass ich meine Tante unterstützte. Ich sollte ihre Wohnung putzen und den Wocheneinkauf übernehmen. Selber erledigte meine Mutter nie. Zu uns wurde meine Tante Viktoria nicht eingeladen.

Jeden Mittwoch legte ich mürrisch den einstündigen Weg auf dem Fahrrad zurück. Jeden Mittwoch erwartete meine Tante mich und sagte, ich hätte nicht kommen sollen. Jeden Mittwoch bot sie mir eine Tasse Kaffee an und befahl, ich solle wieder fahren, mich mit einer Freundin treffen und abends zu Hause erzählen, ich sei den Nachmittag über bei ihr gewesen.

Jeden Mittwoch lehnte ich den Kaffee ab und weinte auf dem Weg durch den Wald. Ich setzte mich mit einem Buch ins Gestrüpp, so dass mich niemand sehen konnte.

Das Gefühl, ich würde zerbersten, wurde ich in den zwei Jahren nicht los. Die traurigen Augen meiner Tante hefteten sich mir ins Gedächtnis. Die Stimme meiner Mutter hallte nach, und meine Lüge macht mir heute in wirren Träumen noch zu schaffen.

Ich durfte meiner Mutter nichts von Tante Viktoria erzählen, auch nicht, was ich sonst erlebte, nicht einmal meine Schulnoten interessierten sie. Sie war damit beschäftigt, sich zu bedauern und zu weinen. An vieles erinnere ich mich nicht mehr, aber dass meine Mutter mir jeden Abend sagte, ich solle mir endlich einen ordentlichen Freund suchen, damit ich nicht mehr mit ihr herum sitzen müsse, weiß ich noch genau. Bis ich studierte und Lutz kennen lernte, brachte ich es zu keiner Beziehung. Meine Mutter hielt mich gefangen, auch wenn sie jeden Abend versuchte, sich von dieser Tatsache frei zu kaufen.

Meine Schwester erlebte derzeit die Abenteuer einer wilden Jugend. Sie traf sich mit Freundinnen, lernte das Rauchen viel zu früh, betrank sich schon mittags und holte abends meinen Vater aus seiner Praxis ab, um mit ihm durch Restaurants zu schlendern.

Und dann wollte meine Schwester von einem Tag auf den anderen nichts mehr von unserem Vater wissen. Sie plante wegzuziehen, am besten weit weg ins Ausland, und weigerte sich, an Familienveranstaltungen teilzunehmen. Sie hatte einen Freund. Ludger hieß er und war der hässlichste Junge unserer Schule, aber klug und beliebt und vor allem ganze drei Jahre älter.

Eines Nachts kam sie leise mit verquollenem Gesicht in mein Zimmer getapst und gestand mir ihre Sünden. Sie stahl mir den Platz in meinem Bett, und nach einer Weile kicherten wir um die Wette.

Bis zu dieser Nacht bestand meine Jugend aus strengen Regeln, aus Angst, einem schlechten Gewissen und dem Weinen meiner Mutter. Die Zeit danach bescherte mir die feste Überzeugung, mit meinen Eltern nichts gemein zu haben. Sie waren mir nicht wichtiger als die pechschwarze Katze auf dem Nachbardach. Meine Mutter weinte nach wie vor, der Vater machte Überstunden, aber es war nicht mehr schlimm. Es war mir egal. Sollten sie in ihrer Welt bleiben, ich würde die Grenze in eine neue überschreiten. Ich war überzeugt, allen meinen Freundinnen überlegen zu sein, weil ich wusste, wie ich meine Gefühle abstellen konnte.

Ich weigerte mich, zur Kirche zu gehen und zu Tante Viktoria zu fahren. Meine Schwester und ich verbündeten uns gegen alles und jeden und fuhren in einen wilden Urlaub. Ich plagte mich nicht mit der ersten Liebe, ich hatte kein Interesse an einem morgendli-

chem Kater, träumte keinem unerreichbaren Star hinterher. Statt
dessen engagierte ich mich mit meiner Schwester beim Deutschen
Roten Kreuz, ging auf Demonstrationen in ganz Deutschland und
sammelte Kleider für die dritte Welt. Meist waren wir die Jüngsten, und das machte uns stolz. Ich beruhigte so mein schlechtes
Gewissen und war überzeugt, meine Gefühle überspringen zu können, frei zu werden für ein Leben ohne beängstigende, nervenauf-
reibende Gemütsschwankungen.

Ich glaube, in gewisser Hinsicht sind meine Schwester und ich
früh erwachsen geworden. Um meinem persönlichen Schicksal,
meinen Problemen und vor allem meiner Familie aus dem Weg zu
gehen, nahm ich die Misere der Welt auf mich. Schlechtes Gewissen gegenüber Tante Viktoria, der Mutter, dem Pastor, dem lieben
Herrn Gott und Angst vor den Veränderungen im Haus, den heim-
lichen Liebschaften meines Vaters, einer Familie, die aus myste-
riösen Ahnen besteht, gab es nicht mehr, denn was schienen das
für Kleinigkeiten verglichen mit dem Elend der Welt? Als ich Lutz
kennen lernte, hörten meine Ambitionen auf, die Welt zu retten.

Meine Schwester blieb aktiv, bereiste die abgelegensten Plätze
der Welt, schickte mir Postkarten mit dem Satz „Wie vertraut die
Welt doch ist!" und handelte sich mit Mitte 20 einen brutalen Ehemann ein. Ihr Leben hatte nun den Zweck, diesen Mann zu retten.
Es dauerte Jahre, bis sie den Irrtum erkannte und sich scheiden
ließ, und ich bin glücklich, wenn ich an ihren sensiblen Freund
denke, und hoffe, dass der Schein nicht trügt.

Seit 15 Jahren scheint sich meine Mutter mit ihrem Schicksal
abgefunden zu haben. Seitdem leben die beiden alten Leute ruhig
und in wohliger Eintracht nebeneinander her. Sie hoffen lieber auf
ein Wunder, als sich für eine familiäre Aussprache zu begeistern.
Ich habe kein gutes Verhältnis zu meinen Eltern, habe es seit meiner Kindheit nie gehabt. Es stört mich nicht. Ich wünsche es mir
nicht.

Während meine Kinder am nächsten Morgen außer Haus sind, rauscht meine Schwester davon.

Den wildfremden Mann bekomme ich auch an diesem Tag nicht zu Gesicht. Er gehe nachmittags arbeiten, morgens wolle er sich eine Wohnung suchen, hinterlässt er auf einem Zettel in der Küche.

Ich rufe meine Putzfrau an, ob sie spontan vorbei kommen kann. Der Auftrag komme ihr gelegen, sie brauche Geld. Ich beauftrage sie, in der Uni nach Fachliteratur für mich zu forschen.

Der Alltag hält mich vorerst vom Stöbern ab, abends aber setze ich mich auf den angenehm warmen Balkon und wühle mich durch die ersten Seiten eines dicken Buches und stelle fest, dass ich keine Konzentration aufbringe. Ich gerate ins Träumen, betrachte die Bäume, den dunklen Himmel, lasse mir meine kleine Reise durch die Erinnerung laufen und habe Lust, mein Leben zu ändern.

Plötzlich gibt es so viele Sachen, die ein Leben interessant machen. Dann ist es still, und in dem alten Kastanienbaum trällert ein Vögelchen. So hat sie jahrelang inmitten von abgeblätterten Wänden in dem weitläufigen Innenhof gestanden und fremde Wäsche an Leinen gehangen. Eines Tages.

Ich drehe eine Runde durch das stille Haus. Mein Schlafgemach ist das wärmste Zimmer. Selbst im Januar drehe ich selten die Heizkörper auf.

Als Lutz und ich in dieses Haus zogen, schliefen wir noch in dem Zimmer, in dem heute Marvin wohnt. Es ist im ersten Stock das größte. Wir schliefen in einem einfach Bett, meistens nackt. Lutz hat schon immer nackt geschlafen. Anfangs war es mir unangenehm, aber ich übernahm es, stellte es doch eine Verrücktheit in unserem Leben dar.

Kurz bevor Theresa geboren wurde, fuhren wir für drei Wochen nach Griechenland. Eine Kommilitonin hatte sich zu einem Leben auf Kreta entschlossen. Sie bewohnte ein vergammeltes Häuschen am Strand, von Olivenhainen und Affenbrotbäumen umgeben. Wir verbrachten drei Wochen auf der Terrasse des Paradieses. Selbst an den Strand gingen wir selten. Die nötigsten Nahrungsmittel brachte uns ein Junge aus dem nahen Dorf. Wir liefen drei Wochen nackt, und ich habe selten wieder eine so freie Zeit erlebt.

Aufgrund seines Witzes, seiner Klugheit, seines Charmes und seines unwiderstehlichen Lächelns verliebte ich mich in Lutz. Aufgrund seiner Geheimnisse, von denen ich mir einbildete, sie aufdecken zu können, seiner Schweigsamkeit und seiner gestochen scharfen Anmerkungen entschloss ich mich, ihn zu heiraten. Aufgrund seiner Aufrichtigkeit, seiner unschlagbaren Rationalität und dem sicheren Wissen, mit ihm an der Seite nie der Gesellschaft zu entgleiten, hielten wir es lange miteinander aus.

In den drei Wochen in Griechenland warfen wir all das über Bord und wagten einen Spaziergang durch die Unterwelt. Es tat uns gut. Wir liebten uns innig und ausgiebig. Mein dicker Bauch störte uns nicht, im Gegenteil, er machte es spannender und erotischer. Wir duschten sechs Mal am Tag. Wir schliefen in der Hängematte und ließen uns von den Mücken stechen, um uns am nächsten Tag gegenseitig einzureiben. Wir kreischten und sangen. Wir erzählten uns Gespenstergeschichten und waren unausstehlich albern. Wir vergaßen den Herd auszustellen, und um ein Haar wäre das Häuschen abgebrannt. Wir waren plötzlich verliebt, bis über beide Ohren.

Als wir erholt und auf einen neuen Lebensabschnitt vorbereitet nach Hause fuhren, hatten wir uns besser kennen gelernt und sahen der Zukunft wohl gelaunt entgegen.

Knappe zwei Wochen später war Theresa auf der Welt. Es ging so schnell, dass wir es in der Nacht nur knapp in die Klinik schafften. Dieses Ereignis erschütterte meinen Exmann, dem Gefühle im Großen und Ganzen fremd sind. Er weinte Stunden später noch, und ich hatte einiges damit zu tun, dieses Ereignis zu realisieren, das Ergebnis zu stillen und meinen Ehemann zu beruhigen. Ich behielt einen erstaunlich kühlen Kopf. Vielleicht ist das der Grund, warum ich heute manchmal bezweifle, dass diese drei prächtigen Geschöpfe meine Kinder sind. Bin ich zu so etwas überhaupt im Stande?

Im ersten Winter mit dem zarten Baby lief ich monatlich zum Arzt, aus Angst, es könne unterernährt sein. Wir zogen in das Schlafzimmer, in dem ich heute noch schlafe, weil es wärmer war. Theresa schlummerte in dem Bettchen an der einen Wand, wir unter dem Fenster. Ich hatte viel Angst um das Kind. In den ersten fünf Monaten ging ich selten mit ihm auf die Straße, weil ich befürchtete, es könne sich erkälten. Im Sommer!

Als ich drei Jahre später die Verantwortung für meinen gleichermaßen zarten Sohn übernahm, normalisierte sich das Leben nach einer Woche wieder. Die oft unzufriedene Theresa ließ zu viel Vorsicht und Angst nicht zu.

Marvin war ein Wonneproppen. Seine Geburt war schmerzhafter und komplizierter als die seiner Geschwister. Leider bekam ich nicht viel mit, da man mich mit Tabletten vollgepumpt hatte. Marvin und ich verbrachten zwei lange Wochen im Krankenhaus. Man hatte unregelmäßige Herzschläge festgestellt und ging auf Nummer Sicher; das Kind war kerngesund.

Meine Mutter übernahm Theresas und Moritz Pflege. Leider klappte es nicht, das Chaos siegte, und ich hatte einiges zu tun, wieder Alltag herzustellen.

Ich setze mich auf das weiche Ehebett, auf Lutz Seite. Eigentlich ist alles verlaufen wie im Bilderbuch. Hier und da kleine Schrammen, zwei gebrochene Arme, eine Mandeloperation, Auseinandersetzungen und eine Scheidung.

Selbst die ging ohne großes Aufsehen über die Bühne. Schon bei

Marvins Geburt lebten wir mehr nebeneinander als miteinander. Es war nicht problematisch, wir stritten sogar seltener als vorher, aber wir hatten nichts voneinander. Als Lutz mir offenbarte, es würde sich gerne scheiden lassen, hatte ich nichts dagegen. Einzige Forderung, Haus, Kinder und Unterhalt. Er war von meiner schnellen Einwilligung überrascht.

Die Kinder fragten einige Male. Ich erklärte es ihnen. Auch das hatte ich mir dramatischer vorgestellt.

Es ist das erste Mal, dass ich in unserem alten Schlafzimmer sitze und denke, dass es zu einfach und zu unauffällig war. Bis auf die Meilensteine, die Kinder in ihrer Entwicklung erreichen und die jede Mutter freudig begrüßt, gibt es wenige Dinge, an die ich mich lebhaft und mit überschwänglichen Gefühlen erinnere.

Da ist die Hochzeit, zu der ich die Schnapsidee hatte, meine Verwandtschaft einzuladen. Als meine Mutter davon erfuhr, befahl sie prompt, dass das mittlerweile zehnjährige Kind meiner Tante Viktoria die Ringe tragen soll. Eigenhändig verständigte sie ihre Schwester, von der ich seit Jahren nichts gehört hatte.

Bea konnte mittlerweile laufen und sich sprachlich mitteilen, aber den Sinn der Ringe verstand sie nicht. Viel zu früh stand sie während der Zeremonie auf und schmiss die Ringe gezielt in das Taufbecken, das neben dem Altar stand, und jubelte mit glücklichen Augen.

Ein Raunen ging durch die Kirche, dann stand Lutz Vater auf, lief mit festen Schritten auf das Kind zu, schrie es an, nannte es Idiot, woraufhin es zu Boden sank und lauthals weinte. Lutz Vater rief Lutz wenig ältere Schwester mit durchdringender Stimme nach vorne und bestand darauf, dass sie die Ringe aus dem Taufwasser holte. Der Pfarrer schaltete sich ein, etwas unbeholfen, es sei heiliges Wasser. Zu mehr kam er nicht. Meine Schwester fischte entschlossen nach den Ringen im geweihten Wasser, pfefferte sie Lutz Vater vor die Füße und bezeichnete ihn als Rassisten. Meine Mutter brach in der ersten Reihe in Tränen aus, mein Vater erhob sich, sah aber keine Möglichkeit, seine erboste Tochter zu besänftigen. Meine Tante Viktoria nahm die Sache erstaunlich gelassen, kniete sich zu ihrem Kind neben den Altar und begann, ein Lied zu summen. Lutz taute aus seiner Erstarrung auf und sagte immer wieder: „Nun setzt euch doch!"

Aber setzen wollte sich keiner. Zu allem Überfluss platzte die Fruchtblase meiner besten Freundin und Trauzeugin, und als fünf Minuten später der Krankenwagen vor der Kirche hielt, hatten wir beschlossen, die kirchliche Trauung zu verschieben, oder ausfallen zu lassen.

Das nächste große Ereignis war der Einzug in unser Haus. Wir gaben eine Feier im engsten Kreis, und es war gelungen.

Hier lernte ich Ruth kennen. Sie war mir unsympathisch, und es befremdete mich, Jakob im Arm einer hochschwangeren Frau zu sehen.

Dann der Urlaub in Griechenland.

Theresas Geburt.

Lutz Praxis.

Moritz Geburt.

Marvins Geburt.

Die Scheidung.

Es ist nichts passiert in unserem Eheleben. Zum Glück keine Katastrophen.

Auf Zehenspitzen stakse ich in Marvins Zimmer. Er liegt im durchwühlten Laken, umgeben von Hörspielkassetten, und sieht aus, als fiele er aus dem Bett. Ich wage mich nicht in das Zimmer, aus Angst, auf Spielzeug zu treten und ihn aufzuwecken. Der Mond scheint durch das Fenster, und der ruhige Atem macht mich schläfrig.

Theresa hat sich unter der Decke vergraben, die verschwitzten Haare im Gesicht. Sie hat viel Ähnlichkeit mit mir, und ich befürchte, sie setzt sich jetzt schon mit dem Fakt auseinander, dass sie zu 50 Prozent ihre Mutter ist. Als sie klein war, gerade laufen konnte, schlief sie gerne in der dreckigen Wäsche im Badezimmer. Sie mochte die Gerüche der vergangenen Tage. Bis in die dritte Klasse schleppte sie Lutz abgewetztes altes T-Shirt als Schmusetuch mit sich herum, als habe sie geahnt, dass sein Geruch bald nicht mehr um sie sein würde.

Moritz schläft auf dem Rücken. Wie ein Brett liegt er da und wacht kurz auf, als ich hereinkomme. Er lächelt mir zu und schläft weiter. Ich kann nicht widerstehen. Ich gebe ihm einen Kuss auf die Stirn und schleiche aus dem Zimmer des stillsten meiner Kinder.

Der Hund will noch einmal in den dunklen Garten. Ich öffne die Haustür, und er tobt davon. Ein Auto fährt die Straße entlang, das Radio auf voller Lautstärke. Irgendwo schreit eine Eule. Eine Eule? Hier? Vielleicht habe ich mich verhört.

Endlich kommt der Hund wieder. Ich schließe die Tür.

Wenig später die Augen.

Dann ist es morgen, und ich finde im Briefkasten den Brief meines alten Freundes Jakob.

Ich lasse alles links liegen, setze mich mit dem neuen und dem alten Brief in die Küche. Der Balkon wäre mir lieber, aber meine IKEA Bank ist nass vom Regen, und ich bin zu aufgeregt, sie trocken zu wischen.

Die Umschläge sind die gleichen, die Adressen stimmen auch. Sogar der Stift scheint der selbe zu sein. Der einzige Unterschied ist der Poststempel! Auf dem neuen Brief ist er nicht verwischt, sondern lesbar, und ich wundere mich, dass er nicht in der Stadt abgestempelt wurde, in der Jakob wohnt. Es ist ein Ort, der mir nichts sagt. Postleitzahl nicht zu entziffern. Datum gestern. Jakob hat den ersten Brief vor zwei Jahren geschrieben, dachte, er habe ihn abgeschickt. Ihn danach nie mehr in der Hand gehabt. Einen zweiten Brief hat er nicht erwähnt.

Ich reiße den Umschlag so vorsichtig auf, dass Adresse, Poststempel und Briefmarke unbeschadet bleiben.

„Liebe Marie,
vermutlich sitzt Du auf Deinem Balkon und vergleichst den einen mit dem anderen Brief. Das Rätsel wird noch verworrener und die Aufgabe noch schwerer.

Ich habe lange überlegt, ob ich mit Dir dieses Spiel spielen kann, und bin zu dem Schluss gekommen, dass es anders gar nicht gehen wird. Die Sache ist ernst – ich übernehme jegliche Verantwortung!

Mach Dich nicht verrückt. Und bleib am Ball!

Ich hoffe auf ein freudiges Wiedersehen.

Deine Schwester."

Ich bin sprachlos und hätte es mir denken können. Hinter allen Verrücktheiten dieser Welt steckt meine Schwester! Es war schon immer so. Unauffindbare Dinge, rätselhafte Zettel irgendwo im Haus – immer steckt meine Schwester dahinter.

Sie hat vollkommen Recht. Das Rätsel wird noch verworrener. Hat sie auch den ersten Brief abgeschickt? Hat sie ihn sogar geschrieben? Das kann nicht sein! Jakob hat ihn erkannt.

Ein ungutes Gefühl packt mich. Was führt sie im Schilde? Ich fühle mich hintergangen. Warum führt sie etwas im Schilde? Was weiß sie, was ich nicht weiß?

Ich schnappe mir das Telefon. Beim ersten Mal verwähle ich mich. Beim zweiten Mal ist kein Anschluss unter der Nummer. Ich habe den Verdacht, dass sie meinetwegen ihre Nummer geändert hat. Hektisch laufe ich die Treppe hoch, wühle in meinen Sachen nach dem Adressbüchlein. Nervös tippe ich ihre Nummer erneut ein. Freizeichen. Dann springt der Anrufbeantworter an: „Juchuh! Spontan in den Urlaub gefahren! In 10 Tagen wieder da. Bis baaaald!"

Ich knalle den Hörer auf. Warum tut sie das? Sie muss vorher alles geplant haben. Hat sie mir vor wenigen Tagen nicht etwas von Stress vorgejammert?

Da ich nicht weiß, was ich sonst machen soll, lese ich ihren Brief noch einmal.

Vielleicht wissen meine Eltern mehr!

Meine Mutter meldet sich mit krächzender Stimme.

Ich frage sie, ob sie in den letzten Tagen von meiner Schwester gehört hat.

„Ja, die war gestern am Vormittag noch da. Da war sie doch vorher bei dir." Meine Mutter erzählt, sie habe nur einen Kaffee mit ihr getrunken, dann wäre sie schon wieder gefahren. Den Vorwurf, nie würden wir uns Zeit nehmen, hängt sie ans Ende.

„Bist du heute Nachmittag zu Hause?"

„Ich bin immer hier, Kind. Das weißt du doch. Wo soll ich denn hin?"

Ich kündige mich und die Kinder an und lege auf. Seit Jahren ist es nicht vorgekommen, dass ich meine Eltern besucht habe, und es ist nicht der zweite Weihnachtstag.

Ich telefoniere mich zu der Arbeitsstelle meiner Schwester durch und frage, ob sie näheres wüssten.

„Ich bin nur Praktikant, warten Sie einen Moment!"

Ich warte. Im Hintergrund schließt jemand Türen auf und zu.

„Ja?"

Ich erkläre und bekomme Auskunft.

Italien habe sie gesagt, irgendwo in den Süden zu Freunden. Ja, das stünde bereits seit einem halben Jahr fest.

Zerknirscht bedanke ich mich und lege verzweifelt auf. Was will sie mir sagen?

Theresa kommt schlecht gelaunt aus der Schule. Sie haben eine Mathearbeit geschrieben, und sie habe rein gar nichts gewusst.

Ich sage, das könne jedem passieren. Sie solle nächstes Mal mehr üben. Die letzten Tage wären etwas chaotisch gewesen.

Aber sie will sich nicht trösten lassen, stapft in ihr Zimmer, knallt die Tür und legt sich heulend aufs Bett. Ich habe ein schlechtes Gewissen. Ich hätte nicht fahren sollen. Ich musste fahren! Meine Schwester wollte es so. Wäre ich nicht gefahren, hätte sie Gründe gefunden, dass ich es doch getan hätte.

Ich steige die Treppe bis zur Hälfte hinauf, überlege es mir anders. Theresa wird schon mit sich selber zurecht kommen.

In dem Moment ruft sie nach mir. „Wie war es eigentlich bei dir?" Wütend stiert sie mich an, mit gekreuzten Armen vor der Brust.

„Du meinst bei Jakob?"

„Ja, oder warst du auf dem Mond?" Sie ist laut.

Ich fühle mich unfähig, ein Gespräch mit ihr zu führen. Ich weiß nicht, worauf sie hinaus will. „Das ist eine längere Geschichte. Vielleicht erzähle ich sie dir besser heute Abend in Ruhe, wenn die Jungs im Bett sind?"

„Dann halt nicht!" Ruckartig dreht sie sich um, stellt sich ans Fenster und betrachtet den leichten Regen.

„Theresa! Sag mir einfach, was du willst. Ich dachte nur, heute Abend wäre es netter."

„Heute Abend bin ich nicht da!"

„Ach?"

„Ach?" Sie äfft mich nach.

Ich gehe zu ihr und nehme sie vorsichtig in den Arm, darauf vorbereitet, im nächsten Moment angefaucht und zurückgestoßen zu werden.

Theresa gefällt es. Sie vergräbt ihr Gesicht in meinem Pullover und weint dicke Tränen.

Wir setzen uns auf ihr Bett. Behutsam erzähle ich die Geschichte von Jakob und dem Brief. Sehr behutsam. Kind gerecht, hoffe ich. Ich erzähle ihr, dass ich Jakob anklage, weil er seinen Töchtern das angetan hat. Meine Schwester erwähne ich vorerst nicht.

Theresa hört mir mit großen Augen zu, zeigt keine Regung, wendet den Blick nicht ein Mal ab. Anschließend lasse ich ihr Zeit, etwas zu sagen.

Marvin platzt herein. Seine Hose ist zerrissen. Er will eine neue anziehen. Gleich, bitte ich ihn. Er akzeptiert unsere Zweisamkeit und zieht die Türe leise zu.

Dann hole ich tief Luft, will normal wirken. „Hat Jakob so etwas auch mit dir gemacht?"

„Was ‚so was'?"

Sie weiß genau, was ich meine, gibt sich mit meiner Andeutung aber nicht zufrieden. „Hat er dich ... z.B. angefasst?"

„Wie angefasst?"

Das wisse sie genau, möchte ich sagen, befürchte aber, wenn ich die Geduld verliere, sei das Gespräch zu Ende. „Hat er dir weh getan?"

„Nö. Wie denn?"

Hand aufs Herz. „Hat er zum Beispiel deine Scheide berührt, obwohl du es nicht wolltest?"

„Natürlich nicht!" Jetzt starrt sie mich böse an.

Das Band ist gerissen. Das Gespräch beendet. Sie hüpft vom Bett, stolpert über die eigenen Füße. Sie murmelt, sie müsse aufs Klo. Dir Tür lässt sie sperrangelweit offen. Eine Ausladung. Ich habe das Gefühl, versagt zu haben.

Sie verabredet sich mit einer Freundin und fährt mit dem Fahrrad hin.

Bei meiner Mutter sage ich ab. „War ich dir nicht wichtig genug?" Sie macht es noch schlimmer.

In meinem Kopf dreht sich alles. Nicht einen Ansatzpunkt finde ich.

Mit Marvin mache ich einen langen Regenspaziergang. Er ist still. Er trottet neben mir her. Irgendwann fragt er, ob ich traurig sei.

Ich nehme ihn auf den Arm und trage ihn ein Stück. „Ja, vielleicht ein bisschen. Aber das ist bald wieder vorbei!"

Er streichelt mir die Wangen und lächelt mich an. „Arme Mama!"

Das schlechte Gewissen ist wieder da.

Nelon

Als Kind hatte Nelon am Strand gelebt. In einer stürmischen, schaumigen Nacht, die einem Fischer das Leben kostete, wurde er geboren, in peitschendem Regen tobte er mit anderen im groben Sand, und seinen Schulabschluss feierten sie unter glühender Sonne am Touristenstrand mit Fisch, den er nicht mochte. Das Salz spielte ihm auf den Lippen, und die Mutter fluchte über den Sand in den Betten. Das Wasser lag in endloser Leere, machte das Leben zu einem furchtlosen Feind und demonstrierte mit jedem Atemzug, wie klein der Mensch war. Er hasste das Meer, den Himmel, der nachts alles auffraß, um es bei Sonnenaufgang wieder auszuspucken.

Als er zehn war, entwickelte er die Angewohnheit, jeden Morgen im Morgengrauen etwas besonderes zu tun, um der Monotonie zu entfliehen. Er strich sein Zimmer blau, baute den Legoturm neu, lernte Gedichte auswendig und putzte die Küche mit viel Seife. Nach vollbrachter Arbeit saß er zufrieden vor der Tür des kleinen Häuschens und freute sich, dem Meer und der Leere zuvorgekommen zu sein. Die Aufgaben wurden schwerer, und er wurde müder, und die Mutter verpasste ihm ordentliche Prügel, weil er ihre Erwartungen nicht erfüllte.

Mit zwölf verlegte er sein Leben in die Nacht, grinste das hintergangenen Meer unverschämt an und schleppte sich erschöpft zum Unterricht.

Mit 16 schaffte er den Schulabschluss, weil der Lehrer ihn mochte, und es war gut so, denn länger hätte er die Leere und die Angst vor dem Nichts nicht ausgehalten. Er packte seine Sachen und zog weit weg in eine Stadt, durch die ein reißender Fluss strömte und ihn mitnahm ins sprudelnde Leben, in eine Fülle an Energie und Kraft. Er stürzte sich mit entschlossenen Zügen hinein und ließ sich treiben und fand sich erst wieder, als der Vater mit dikken Stiefeln und glühenden Augen vor seinem bescheidenen

Lehrlingszimmer stand und seine Rückkehr forderte, die Mutter sei gestorben.

Von da an fand er den Weg nicht, der endlosen Leere zu entfliehen, ins tobende Leben einzutauchen und es zu genießen. Er blieb in der Stadt, doch die Leere verfolgte ihn und ließ das Wasser in dem reißenden Fluss zu Stein erstarren und weckte die Angst, überrannt zu werden, schlaflose Nächte zu verbringen. Er erkannte den Selbstbetrug und konnte ihm doch nicht ausweichen. Er kündigte seine Freundschaften, seine Lehre.

Erst als man ihn mit einer Kopfverletzung unter seinem Fenster fand, spürte er sich wieder und begann von ein neues Spiel mit sich selbst. Einige Zeit verbrachte er in einer Klinik, in der er sich begegnete, weit draußen auf dem Meer, unsichtbar für die Wahrheit und verspiegelt für sich selbst. Er nahm sich zu sich, umarmte sich, befühlte sich, küsste sich, weinte, atmete ein und durchlitt sich noch einmal.

Mit 32 lebte er in einer hübschen Wohnung, malte Bilder, die seine Leere füllten, und war gern gesehen in den Läden seiner viel befahrenen Straße. Alle zwei Monate fuhr er ans Meer und besuchte den alten Vater, und jedes Mal kam er mit neuer Energie in die Stadt zurück.

Und dann eröffnete er die erste Ausstellung, und plötzlich gewöhnt er sich als netten Nebengeschmack seines Lebens an, jeden Tag im Morgengrauen etwas anzuziehen, das er sich am vorherigen Tag gekauft hatte. Er war der endlosen Leere seiner Kindheit entflohen und begrüßte sich lachend und fuhr zu einer Bekannten in eine neue Gegend, um Ausschau nach einem Atelier zu halten.

Abends benimmt sich Theresa wie immer. Sie isst ein Brot nach dem anderen, macht einen Aufstand, weil sie nach acht Fernsehen will, und schläft über ihrem Buch im Wohnzimmer ein.

Ich schalte den Computer an, suche im Internet nach Seiten zum Thema. Ich finde einiges. Ich finde Foren. Ich melde mich an und schreibe mir die Sorgen um meine Tochter von der Seele. Es hilft. Danach fühle ich mich befreit und kann entspannt auf Antwort warten.

Es klopft, und als mein fremder Mitbewohner in der Tür steht, fällt mir auf, dass ich ihn vergessen habe. Er bleibt stehen, sieht mich schüchtern an. Lange, blonde Haare fallen ihm wirr ins Gesicht. Er trägt einen alten schwarzen Anzug, der ihm zu klein ist. Darunter ein knallig rotes, sehr modernes Hemd. „Guten Abend." Er lächelt. Einer der Schneidezähne fehlt.

„Guten Abend. Sie sind der Freund meiner Schwester, nehme ich an?"

„Der bin ich. Ich hätte sie gerne vorher kennen gelernt, aber ich wollte mich erst mit meiner Suche befassen."

Wir trinken zusammen einen Tee in der Küche. Er raucht Tabak und schüttet unglaublich viel Zucker in den blauen Becher. Er hält die Beine überkreuzt und sieht aus, als wolle er in mich hinein kriechen.

Lang und breit erklärt er, warum er ein eigens Atelier haben möchte. Er verbindet seinen Beruf mit der Rettung der Gesellschaft. Er spricht von neuzeitlichen Philosophen, die mir nichts sagen. Er betont seine Minderwertigkeit und fragt, ob ich mir schon vorgestellt hätte, die gesamte Menschheit in Schutt und Asche zu legen und nur einen Mann und eine Frau überleben zu lassen.

Eine Gänsehaut überfällt mich bei dem Gedanken. Er meint es nicht böse, ist sehr ruhig, redet langsam und unbetont und ich weiß nicht, was er von mir erwartet. Ich nicke verschämt. Ich sage ja und nein.

Er lächelt mich an. „Überfordere ich Sie mit meinen Ausführungen?"

Er überrumpelt mich ohne Enthusiasmus.

„Nein, nein. Ich habe so etwas nur noch nie gehört."

Er beugt sich zu mir, legt seine lange Hand auf mein Knie und inhaliert den Rauch. Einen Funken von dem Willen, mich zu überzeugen, erkenne ich. „Sie sind sehr ehrlich. Damit kann man viel erreichen im Leben. Das müssen Sie mir glauben!" Anschließend stößt er den Rauch aus, lehnt sich zurück und lächelt unbekümmert.

Er drückt die Zigarette aus, steht auf, nimmt meine Hand, setzt einen trockenen Kuss auf ihre Oberfläche und erklärt, er habe gefunden, was er suchte. Nun würde er gehen und meine Gastfreundschaft in Erinnerung behalten. Dem Tabak, der auf dem Küchentisch liegen bleibt, lächelt er zu und sieht mir in die Augen. „Den hinterlasse ich Ihnen. Man kann nie wissen."

Er verlässt die Küche und wenig später verlässt er mein Haus mit einer kleinen, zerschlissenen Sporttasche. Ich winke ihm an der Tür hinterher. Er steckt die Hände in die Hosentaschen, als friere er. Mir ist warm, ich eile in die Küche, reiße die Fenster auf, schnappe mir den Tabak und setze mich vor den Computer. Ich rauche, weil ich es 20 Jahre nicht getan habe. Im Internet gibt es eine Antwort auf mein Schreiben. Eine Frau rät mir, eine Beratungsstelle mit meiner Tochter aufzusuchen. Ich überfliege die Zeilen.

Ich erfahre im Internet, dass sich Opfer sexueller Gewalt von zu vielen Fragen in die Ecke gedrängt fühlen und nicht antworten können. Der Täter hat es ihnen verboten, er hat ihnen mit harten Strafen gedroht, hat Offenbarungen von vornherein ausschließen wollen. Sie besitzen eine innere Schranke. Kommt es zu Schlüsselthemen, fällt diese automatisch, und sie schweigen.

Täter sind nicht Verrückte, die vergewaltigen, weil sie krank sind. Täter sind Lehrer, Nachbarn, Freunde, Väter, Großväter, Pädagogen, durchaus auch weiblich. Die Mehrheit der Täter kennt ihre Opfer bereits vor der eigentlichen Gewalt. Ihr Vorgehen ist sorgfältig geplant. Genau suchen sie ihre Opfer aus, wägen ab, ob das Kind verführbar und manipulierbar ist.

In den seltensten Fällen haben Täter nur ein Opfer. Väter, die ihre Kinder missbrauchen, haben oft missbraucht, bevor sie eigene Familie haben.

Täter kommen aus allen gesellschaftlichen Schichten.

Jedes vierte deutsche Mädchen und jeder zwölfte deutsche Junge machen sexuelle Gewalterfahrungen. Ich erfahre über sexuelle Ausbeutung in der sogenannten dritten Welt. Über sexuelle Gewalt an Behinderten. Zahlen erscheinen auf dem Bildschirm, Berichte von Überlebenden sexueller Gewalt, Präventionsansätze, Beratungsstellen.

Mich überkommt Unruhe. Ich habe das Gefühl, verrückt zu werden. Ich muss etwas tun. Ich muss wissen, was dieses Spiel soll! Ich muss wissen, was bereits alles passiert ist, ohne dass ich die leiseste Ahnung habe. Warum habe ich nichts gemerkt? Ich weiß, es gibt Dinge, die werden mein Leben ändern. Es wird nicht leicht, aber ist es einmal durchgestanden, bin ich einen großen Schritt weiter.

Irgendwann kreist mir der Kopf, und ich schalte den Computer ab, ohne ihn vorher herunter zu fahren. Es reicht! Ich habe genug.

Am nächsten Morgen beim Einkaufen betrachte ich die Leute und zähle – eins – zwei – drei – vier – die? Theresa? Lena? Wer noch alles?

Ich stopfe Lebensmittel in den Wagen. Die Kinder nerven. Alles erscheint klein, unwichtig. Seit Tagen habe ich nicht an Lutz gedacht. Das ist noch nie vorgekommen. Wenn wenigstens meine Schwester da wäre, wenn sie mir alles erklären könnte! Ich flehe eine Freundin an, meine Kinder zu ihren Vieren dazu zu nehmen, mir gehe es nicht gut. Sie komm, packt alle ins Auto.

Ich fühle mich nicht wohl in der Stille. Wie kann ich meine Kinder jetzt alleine lassen?

Schlechtes Gewissen, willkommen zu Hause. Ich fühle mich klein. Ich sitze vor dem Telephon und blättere in meinem Telephonbüchlein. Eine Stunde, zwei Stunden. Wen soll man schon anrufen! Die Geschichte zu erzählen, erfordert eine Kraft, die ich nicht habe. Mein Kopf ist so voll, dass die Fernsehprogramme nicht in ihn eindringen.

Ich nehme mir Papier, meinen Lieblingsstift. Ich schreibe liebe Schwester in die erste Reihe, dann kann ich meine Gedanken nicht mehr ordnen. Ich zerknülle das Blatt.

Der Hund will raus. Ich nehme ihn an die Leine, steige aufs Fahrrad, wir fliegen durch Feldwege, über Hügel, durch den Wald. Mein Kopf bleibt, wie er war.

Das Meer! Das weite, endlose Meer wäre meine Rettung, denke ich. Es würde mich einlullen in seine ewige Ruhe, in seine Vertrautheit, es würde mir Angst nehmen. Dem Hund befehle ich, mit mir nach Hause zu laufen.

Ich klemme mich hinters Telephon. Meine Mutter kennt keine Freunde meiner Schwester in Italien. Ihre Arbeitsstelle auch nicht. Sie sind unfreundlich.

Mein fremder Mitbewohner hat mir die Nummer seiner neuen Bleibe hinterlassen. Ein Mädchen nimmt ab, ruft durch einen hallenden Flur nach ihm. Einen schönen Namen hat er. Er wisse, welche Freunde. Ja, die Nummer, einen Moment. Er raucht. Er legt den Hörer daneben, das Kind fragt im Hintergrund, ob sie noch das Bett zusammen bauen würden, er nimmt den Hörer wieder auf, gibt mir eine Nummer durch. Ja, die Adresse auch.

Ich schreibe, er buchstabiert. „Ist das am Meer?", frage ich abschließend.

„Das ist es, ja!"

Wenn er wüsste, wie erleichtert ich bin! Ich bedanke mich, lege auf, hole Theresas Schulatlas, schlage nach. Ein kleines Dorf am Meer. Perfekt! Hoffentlich stürmisch, schäumend, überwältigend.

Ich telefoniere mit dem Reisebüro. Der junge Mann ist von meiner Hast und meinem Drängen belustigt.

„Lachen sie nicht, es gab einen Todesfall. Da ist es doch selbstverständlich, dass man so schnell wie möglich hin will!"

Darauf sagt er nichts mehr. Er empfiehlt, vorbei zu kommen.

Der Tank ist leer, und es nervt, erst zur Tankstelle fahren zu müssen. Schließlich sitze ich vor einer blauäugigen Reisebürofrau, die meinen sekundenschnellen Entschlüssen nicht folgen kann. Mit Ticket und geballter Ladung Selbstüberzeugung verlasse ich das Büro.

Lutz ist nicht erreichbar, ich spreche ihm auf den Anrufbeantworter, dass ich Unterhaltszuschuss fordere, ein Notfall. „Meine Kontonummer hast du ja!"

In dem Moment werde ich wieder ernst, und die gute Laune verfliegt. Keine Woche ist vergangen, und ich stehe wieder vor einer Aktion, wie ich sie vor einigen Monaten nicht einmal in Erwägung gezogen hätte. Was erwartet mich dieses Mal? Was will ich? Was kann ich überhaupt erreichen? Ich verstricke mich mehr, als dass ich meine im Kopf hämmernden Fragen beantworte.

Ich möchte jemanden anrufen, ihn um Zustimmung bitten. Ich weiß nicht wen.

Ich setze mich in die Küche und rauche wieder. Ich stehe auf, mache Kaffee.

Ich rufe meinen fremden Mitbewohner an. Ein Junge ist am Telefon, er ruft ihn. Ich erzähle die Geschichte.

Ich höre, wie er lächelt. „Sie sind wirklich sehr ehrlich. Mehr kann ich dazu nicht sagen. Nehmen sie vom Flughafen aus nicht den Bus, es ist gefährlich als Deutsche!"

Er legt auf, und ich fühle, wie die Wärme in meinem Innern hochsteigt. Dass ich überhaupt zweifeln konnte an meiner Entscheidung!

Ich hetze durch die Zimmer der Kinder, mein Schlafzimmer, packe Taschen, Rucksäcke, rufe Lehrerinnen an, Kindergärtnerinnen, entschuldige mich zu oft.

Das schlechte Gewissen übertöne ich mit einem Besuch bei den Nachbarn. Die frisch gebackene Mutter schaut mich entgeistert an. Mitten im Schuljahr? Die Blumen übernimmt sie gerne. Auch den Hund. Der Hund freut sich. Er kennt Haus, Familie und Garten bereits. Urlaub auch für ihn.

Die Kinder machen große Augen, als sie die gepackten Sachen sehen.

Theresa will ihre Freundinnen anrufen und sie am Abenteuer teilhaben lassen. Ich verbiete es ihr. Der Lehrerin habe ich was anderes erzählt. Sie wird bockig und weigert sich, zu duschen und mit uns zu essen. In mir schrillen Alarmglocken. Vielleicht doch die falsche Entscheidung?

Moritz kann am Tisch nicht still sitzen vor Aufregung. So kenne ich ihn nicht. Er will wissen, wie man italienisch spricht, was es da für Tiere gibt, was für Geld, ob Pommes, ob er seinen Fußball mitnehmen darf, wie lange der Flug dauert, ob es Essen gibt im Flugzeug, ob das Flugzeug auch mal Pause macht, damit man aufs Klo kann, wie die Gesellschaft heißt, warum ich das entschieden habe.

Marvin fragt, ob meine Schwester mit ihm in den Zoo gehen würde.

Ich erkläre, vermute, verspreche, überdenke, erzähle, schüttele den Kopf, verzettele mich bei so viel Worten.

Keines meiner Kinder kann schlafen. Also erkläre ich den Abend zum Video Abend. Nur Theresa weigert sich konsequent.

Ich stelle mich in ihr Zimmer, sehe sie lange an. Traue mich nicht, zu fragen, zu erklären.

„Steh hier nicht so blöd rum!"

Ich gehe wieder. Ich finde den Weg nicht. Ich hoffe, hoffe auf meine Schwester. Sie hat angefangen. Sie muss mir helfen.

Der Flughafen verschlägt den Kindern die Sprache. Mit Lutz sind wir regelmäßig gereist, vielleicht ist es die Spontaneität, die es noch spannender macht.

Der Flug lockt Theresa aus ihrer Burg. Erwachsen zeigt sie ihren Kinderpass, stolziert durch die Sicherheitsvorkehrungen, bestellt sich Cola und bitte einmal Reis mit Huhn.

Todmüde nach der durchwachten Nacht bewundern wir die Wolken, den endlosen Himmel. Ich träume vom Meer und verzweifle an der Enge und der erforderlichen Disziplin, Nervosität zuzulassen.

Durch ein Gewühl von Bussen, durch zwinkernde, pfeifende Italiener drängen wir uns zu einem Taxi, das mir vertrauenswürdig erscheint. Kinder und Gepäck passen gerade eben in das klapprige Auto, dann düsen wir los. Viel zu schnell und viel zu holprig. Ich halte mir die Augen zu, die Kinder quietschen vor Begeisterung. Der Fahrer freut sich über so viel Urlaubsvergnügen. Er redet auf mich ein, ohne dass ich ihn verstehe. Er erklärt mir die Landschaft, die Gegend. Zeigt auf zerfallene Häuser, die in märchenhaftem Licht erscheinen, auf fremde Bäume, auf Esel und schwarzhaarige Kinder. Er sieht mehr auf mich und die Kinder als auf die Straße.

Marvin schläft ein.

Theresa fängt wieder an zu nörgeln.

Wir legen eine Pause ein. In einer kleinen Bar, in der wir Pizza essen können und auch wollen. Die Pizza ist riesig. Mir wird bei dem Geruch schlecht, und ich weiß nicht, was los ist.

Die Kinder futtern.

Der Taxifahrer führt kumpelhafte Gespräche mit anderen starrenden Männern.

Marvin findet eine schwarzhaarige Freundin, die ihn um einen Kopf überragt und anfängt, mit ihm unter den Bänken herum zu klettern.

Ich stehe unter Strom. Ich freue mich auf einen Balkon mit Meerblick, auf ein Gläschen Wein, auf meine Schwester, die alles in die Hand nimmt. Vielleicht hätte ich sie doch anrufen sollen.

Plötzlich drängt der Taxifahrer zum Aufbruch. Wir bezahlen zu viel, lassen die Hälfte liegen, steigen ins Auto. Der Taxifahrer erzählt unverständliches von Polizeikontrolle, und ich wünsche mir, nie eingestiegen zu sein. Er rast, und ich fühle mich schuldig, weil ich auf so absurde Ideen komme.

Endlich sind wir da! Endlich kann ich meine Beine bewegen und endlich macht Theresa den Mund auf und freut sich. „Danke Mama. Das habe ich gebraucht!"

Ich sage nichts, schmunzele in mich hinein. Manchmal sagen sie komische Sachen.

Auch der Taxifahrer nimmt zu viel Geld, aber es ist mir egal. Ich bedanke mich. Er wartet in seinem Auto. Er hofft bereits auf meinen nächsten Auftrag, wenn niemand aufmacht.

Uns bleibt nichts anderes übrig, als zur Tür zu gehen und zu klopfen. Es ist ein schiefes, gewaltiges Haus aus Stein. Umgeben von hohem Gebüsch und einer Mauer. Erst am Ende der Straße wohnt ein Nachbar, und zum Ortskern ist es ein ganzes Stück.

Plötzlich gibt es so viele Sachen, die ein Leben interessant machen. Dann ist es still, und in dem alten Kastanienbaum trällert ein Vögelchen. So hat sie jahrelang inmitten von abgeblätterten Wänden in dem weitläufigen Innenhof gestanden und fremde Wäsche an Leinen gehangen. Eines Tages. Das Wasser lag in endloser Leere, machte das Leben zu einem furchtlosen Feind und demonstrierte mit jedem Atemzug, wie klein der Mensch war.

Meine Schwester ist nicht überrascht, sie freut sich, sie freut sich riesig. Sie erzählt, vor einer Stunde habe sie die Karte mit ihrem „Wie vertraut die Welt doch ist!" abgeschickt. Sie zeigt uns aufgedreht das Haus. Marvin auf dem Arm. Hinter dem heruntergekommenen Haus erschließt sich eine weite Terrasse, verziert mit Steinhaufen, Spiegeln und Windrädchen. Die Freunde und ihr sensibler Freund seien für einen Tag in eine nahe Stadt gefahren, mal was anderes. Ihr wäre die Ruhe lieb gewesen, das Chaos mit uns noch lieber. Und wie sie lacht!

Ich fühle mich wohl. Im gleichen Moment überkommt mich Übelkeit, und ich muss mich setzen.

Die Kinder sind nicht mehr zu sehen, erobern die Heiligtümer eines fremden Schlosses, einer reichen Kultur, eines unwiderstehlichen Sommerabends.

Meine Schwester setzt sich neben mich auf einen der Stahlstühle. „War wohl ein bisschen viel, was?"

Ich sehe sie an und bin sauer. „Du kannst anfangen zu erklären!"

Sie zieht die Beine an und sieht in den trockenen Garten hinaus. „Ja, beizeiten!"

Auch ich lasse meinen Blick schweifen, fühle mich geborgen und kann geduldig auf den richtigen Moment warten. Es ist alles fern, wir sitzen inmitten eines Märchens, und ich wünschte, sie hielte ein Leben lang. Ich spüre sie trotzdem, die Angst. Bald werden wir wieder in die Realität auftauchen müssen.

„Marie, ich bin so froh, dass du da bist! Ich habe mir Sorgen gemacht."

Leider bin ich nicht impulsiv, sonst würde ich ihr eine runter hauen.

„Du wirst alles verstehen, später, wenn ich es dir erkläre." Sie klingt ernst, die Stimme tief, weit weg vom Lachen.

Erschrocken sehe ich sie kurz an, wende den Blick wieder ab und bin mir nicht mehr sicher, ob meine Schwester mich auffangen könnte. Ist es ein zu hoher Anspruch an eine Schwester? Sie ist mir fremd, ich bin mir fremd, was mache ich in einmal fremden Land?

„Mensch, Marie! Du kannst froh sein, dass du mich zur Schwester hast!" Jetzt lacht sie, dass man es im ganzen Haus hört.

Plötzlich weiß ich, sie will mehr mit diesem unbedeutenden Satz sagen. Ich muss warten.

Nicht einen Tag, nicht zwei, drei Tage warte ich auf den Zeitpunkt, an dem meine Schwester anfängt, mir ein Stück von dem Mosaik zu schenken, das sie in alten Kisten fand.

Bis dahin haben wir eine schöne Zeit. Das Wetter ist sonnig. Die Freunde meiner Schwester haben einen Sohn in Moritz Alter, einen Säugling, der Theresas Lieblingsbeschäftigung wird, und neun Katzen, mit denen Marvin Tag und Nacht verbringt. Dass er am zweiten Tag Läuse hat, ist eine lästige Nebenerscheinung. Das Essen schmeckt vorzüglich, der Strand noch besser, und nachts schaffe ich es, acht Stunden durchzuschlafen. Meine Schwester zeigt viel Interesse an mir und den Kindern, der sensible Freund bleibt auf der Strecke. Es stört ihn nicht, er verbündet sich mit Moritz, und schweigend führen sie lange Gespräche miteinander. Danillo und Luca sind zwei wunderbare Kinder, beste Spielgefährten, die Eltern Gastgeber, mit denen es sich gut und leicht leben lässt.

Spät nachts sitzen meine Schwester und ich als Übriggebliebene an einer reichen Tafel auf der Terrasse und betrachten verliebt den vollen Mond.

„Fahren wir ans Meer?" Meine Schwester springt plötzlich auf.

Mir ist nicht wohl, aber jetzt ist es zu spät, um kehrt zu machen. Ich ahne, dass die Nacht noch lange nicht beendet ist.

Die Straße ist holprig, links fällt steil eine Klippe ins schwarze Meer.

Wir bleiben zunächst im Auto. Eine Weile. Dann steigen wir aus und wandern am Strand entlang. Ich stecke meine Hände in die Hosentaschen. Ich weiß, meine Schwester würde es auch gerne tun, aber sie trägt einen langen Rock. Mir ist kalt. Es ist windig.

„Ich möchte, dass du ein neues Leben beginnst, Marie!" Sie atmet tief durch neben mir. „Es ist ein Gedanke, mit dem schlage ich mich seit Jahren herum. Als du noch mit Lutz verheiratet warst, habe ich es oft gedacht, eigentlich schon immer, aber da bei euch alles perfekt schien, dachte ich, ich wäre verrückt. Ich habe mir eingeredet, ich wäre eifersüchtig auf deine tolle Familie. Auf deine Kinder und deinen Mann, auf dein Haus, dein unbeschwertes Leben. Aber jetzt, wo du nicht mehr mit ihm zusammen bist und dein perfektes Leben einen Riss bekommen hat, weiß ich, dass du glücklicher werden könntest, wenn du einiges ändern würdest!"

Ich weiß nicht, was sie will. Was will sie?

„Klingt das einigermaßen plausibel?"

„Nein!"

„Mmh."

Wir gehen schweigend.

„Ich bin trotzdem froh, dass ich es gesagt und damit einen Anfang gewagt habe."

Ich finde die Situation albern. Hat sie deswegen den Aufstand gemacht? „Und was hat Jakob damit zu tun?"

„Du verstehst es wirklich nicht, ne?"

„Das habe ich dir bereits gesagt. Und du weißt, dass ich es hasse, ewig bohren zu müssen."

„Dann sei leise und warte ab! Ich suche noch nach den richtigen Worten. Weißt du, seit zehn Jahren tue ich nichts anderes, und ich bin sicher, dass ich sie jetzt finde. Also gedulde dich ein bisschen."

Zum Schweigen gezwungen quietsche ich durch den weichen Sand.

„Jakobs Brief habe ich abgeschickt. Das weißt du ja schon. Damals, als seine Schweinereien aufflogen, wusste er nicht weiter und hat dir den Brief geschrieben, ihn aber nicht abgeschickt. Er hat ihn in einer Schublade verstaut und vergessen, immer im Glauben, ihn längst zur Post gebracht zu haben. Du meldetest dich nicht, und er hat es bei mir versucht. Frag mich nicht, woher er meine Nummer hatte. Ich bin spontan bei ihm vorbeigegangen. Ich wollte von ihm eine Erklärung. Du hattest mir mittlerweile schon erzählt, er würde sich nicht melden. Und er hatte sich am Telefon beklagt, du wärst es, die sich nicht meldet. Langsam bin ich dann hinter die Geschichte gekommen. Und habe beim Wühlen – guck mich nicht so böse an, das musste ich tun – den Brief mit deiner Adresse gefunden. Dass ich ihn eingesteckt habe, versteht sich von selbst. Gehütet habe ich ihn wie meinen Augapfel. All die Jahre. Bis ich ihn abgeschickt habe..." Sie atmet laut ein, wieder aus.

Aha, denke ich, und es gibt nichts, was mich in diesem Moment umhauen könnte. Die Situation ist zu befremdend.

Meine Schwester nimmt meine Hand, bleibt stehen, sieht mich an. „Mutters Vater ist auch mein Vater", sagt sie.

Es will mir nicht in den Kopf, was sie meint. Und doch habe ich längst aufgegeben gegen die Oberfläche, die mich bis vor diesem Satz noch getragen hat. „Wie?" Ich mache mich los und gehe weiter.

Sie kommt hinter mir her, läuft dicht neben mir. „Vergewaltigung, sexueller Missbrauch, sexualisierte Gewalt. Nenne es, wie du willst."

Da ist sie, die Angst. Sie schreit laut und würgt mich. Ich ersticke, und keiner merkt es. Vor den Augen meiner Schwester. Schwester? „Viktor?"

„Ja, Viktor. Der Vater unserer Mutter! Und der Vater unserer Großmutter und ihr Bruder und..."

Ich unterbreche sie. „Und Lutz?"

„Ja, und Lutz?"

Ich schweige und weiß nicht, wovon sie redet. „Und Vater?"

„Nein. Vater nicht."

Mir kommen die Tränen. Ohne sie einordnen zu können. „Deshalb Jakob?"

„Deshalb Jakob!"

„Du hast mit dem Brief in der Tasche jahrelang auf den richtigen Moment gewartet, mir das zu sagen?"

„So ist es. Seitdem ich es weiß, warte ich auf diesen Moment. Ich habe mich nicht getraut. Als ich von Jakob erfuhr, sah ich meine Chance gekommen."

„Chance?"

„Ich hatte Angst, du würdest mir nicht glauben. Viktor, unsere ganze Familie. Das hättest du doch nicht geglaubt! Du und deine heile Welt! Mit Jakobs Geschichte dachte ich, könnte ich dir deutlich machen, worum es geht. Es brauchte eine List, dir die Ausmaße klar zu machen. Es hat geklappt, wie ich es mir vorgestellt habe! Da du jetzt eine ähnliche Geschichte erlebt hast, wirst du mir eher glauben!"

„Mir ist kalt."

„Gehen wir!"

Wir sitzen im Auto und starren auf die dreckige Windschutzscheibe. Sie auf dem Fahrersitz, ich neben ihr. Es ist noch kälter. Wir sitzen lange und starren.

In meinem Kopf dreht es sich. Ich versuche, meine Familie im Kopf durchzugehen. Meine Mutter, mein Vater.

Meine Großeltern mütterlicherseits.

Meine Großmutter starb bereits 1955 bei einem Hausbrand. Meine Mutter und meine Tante Viktoria konnten sich aus den Flammen retten, aber auch das sind nur wage Vermutungen.

Es muss damals schon totgeschwiegen worden sein. Heute verliert keiner ein Wort darüber. Meine Mutter bleibt stur und verbissen. Sie redet nicht von ihrer Familie. Es gibt keine alten Familienalben. Ob ihr Vater noch lebt, weiß ich nicht. Wo er in der Brandnacht war, weiß ich nicht. Seinen Namen hat sie nie erwähnt.

Dass er schüchtern war, weiß ich. Und dass er nicht mit der Gesellschaft klar kam, weiß ich. Dass meine Großmutter ihren Töchtern den Glauben als Weg aus einer schwierigen Familienkonstellation einbrannte, weiß ich. Und dass ihr Vater meiner Mutter der Mann suchte, weiß ich auch.

Weiß ich, weil meine Tante Viktoria es mir an Mittwochnachmittagen erzählte, wenn es draußen stürmte und schneite. Dann ließ sie mich nicht auf meinem Fahrrad fahren. Ihren Kaffee nahm ich trotzdem nicht. Ich lauschte ihren Erzählungen mit offenen Ohren, tat aber desinteressiert, denn gleich schlich sich das schlechte Gewissen ein, Dinge hinter dem Rücken meiner Mutter zu erfahren, die sie geheim hielt.

Was dieses Gespenst von Großvater mit der Zeugung meiner Schwester zu tun hat, kann ich nicht verstehen. Mein Vater ist nicht ihr Vater? Aber mein Vater? Kennt sie ihn, meinen Großvater? Die Sache ist mir unheimlich. Das Meer zu schwarz, der Himmel zu weit. Ich fühle mich unreal.

Meine Schwester streckt ihre Beine aus und fängt an, zu erzählen, was sie weiß. Briefe, Tagebücher, Fotos, alles gut verschnürt in der hintersten Ecke auf dem Dachboden der Eltern.

Familienaufstellungen, Gedanken, Zweifel, Tränen, alles einmal durch und wieder zurück. Wieder und wieder. Sie erzählt mir eine lange Familiengeschichten mit den Namen meiner Angehörigen. Ansätze kommen mir bekannt vor, nicht der Rest. Lang tradierte sexuelle Gewalt. Verheimlichte, nicht wahrgenommene, grässliche Gewalt. Eine lange Reihe schweigender Frauen, die unter dem schlechten Gewissen ihrer Mütter litten und es gut machen wollten. Ich erkenne mich wieder. Meine Angst steht mir plötzlich greifbar vor Augen. Das ist sie. Auf einmal weiß ich, dass ich seit Jahrzehnten nach ihr suche. Jetzt steht ist sie da und ich weiß nicht, wo ich sie packen soll.

Eine Familiengeschichte, deren Männer nicht verankert waren im Leben. Sie fanden ihren Platz nicht in der Gesellschaft, wurden von den eigenen Vätern missachtet und missbraucht. Sie waren uneheliche Kinder, aus den eigenen Familien verstoßene Söhne, Selbstmord ihnen nicht fremd.

Sie gaben das grausige Familienerbe weiter an ihre Söhne. An ihre Töchter, die sich aufopferten, um die Väter zu besänftigen, die Mütter zu retten, und die Ehemänner dem alltäglichen Leben näher zu bringen. Enthusiastisch stapften sie weiter durch diese Geschichte, folgten dem matschigen Familienpfad und ihr Lebensziel war Rettung.

Die Mutter meiner Mutter erhängte sich in der Küche, weil sie sich unter der Gewalt gegen sich und ihre Töchter begraben sah. Meine Mutter fand sie. In der Nacht darauf zündete ihr Vater das Haus an, um die Leiche zu beseitigen und verschwiegenes noch verschwiegener zu machen.

Er erklärte es als grauenhaften Unfall, rettete heldenhaft seine zwei Töchter, deren schlechtes Gewissen, Trauer und zwiespältige Gefühle sie zwangen, dem Vater zu gehorchen, mehr als je zuvor.

Meine Tante Viktoria schaffte drei Jahre später den Absprung, ging mit 14 weg von zu Hause, wilderte herum, lebte mal hier, mal da, immer auf der Suche nach dem Glück und der Geborgenheit, die es nie gegeben hatte.

Meine Mutter blieb bei der Überzeugung, den Vater retten zu müssen und ließ seine bestialischen Neigungen über sich ergehen.

Sie scheiterte, wie bereits die eigene Mutter, die Tanten, die Großmütter gescheitert waren.

Meine Mutter war einsam, nicht beliebt. Der einzige Mensch, der sie kannte und verstand, ihr Vater, nutzte das schamlos aus.

Er suchte ihr einen Mann, der still, zurückhaltend, nicht besitzergreifend war. Er wollte sie sich weiterhin garantieren. Alles aufs Genauste geplant.

1962 heiratete meine Mutter meinen Vater. Sie bezogen ihr kleines Haus und meine Mutter fing an, sich von ihrem Vater zu lösen. Langsam und schmerzhaft. Sie lernte Friedrich in den ersten Ehejahren lieben, war glücklich mit ihm.

Eine Weile vergaß sie das schlechte Gewissen, den Familienfluch. Der Vater bestellte sie anfangs zu sich. Bald ließ sie es sich nicht mehr gefallen, brach den Kontakt ab. Brach ihr Leben ab und wollte von vorn beginnen. Vollkommen.

Die Vergangenheit stopfte sie in einer kalten Winternacht in eine dicke Kiste, sperrte sie zu und redete sich ein, nun ein neuer Mensch zu sein, ohne Vergangenheit.

Ich wurde geboren, noch in einer rosigen Zeit. Wenige Monate später brach ihr Vater in das Haus ein, vergewaltigte sie, ließ seine Wut ein letztes Mal an ihr aus. Danach verschwand er, suchte sich neue Opfer, neue Strategien. Sie blieb verletzt und schwanger zurück.

Meine Schwester wurde geboren, der Kuckuck verschwiegen und in meiner Mutter begann das Spiel aus Angst, schlechtem Gewissen, aus dem Gefühl, nichts zu erreichen im Leben, nicht fähig zu sein, zum Leben, zum Lachen und zu dem, was dagegen spricht. Die Weigerung, sich mit Altem auseinander zu setzen, wurde zum Dogma geworden.

Als meine Schwester und ich in die Pubertät kamen, fing die Angst endgültig an, sie zu zerstören. Sie hätte sich retten können, hätte sie die Vergangenheit akzeptiert. Nicht einmal bedenken wollte sie diese. In ihr machte sich die Überzeugung breit, auch die Töchter wären bereits verloren.

Sie schickte uns in die Kirche, dachte sich Aktivitäten aus, legte plötzlich wert auf eine gefestigte, distinguierte Erziehung.

Mein Vater nahm das sehr leicht, bekam nichts von den inneren Kämpfen der Frau mit, konnte mit ihrer Verschwiegenheit leben, das war seine Welt. Er blieb zurückhaltend, führte die Befehle aus, die meine Mutter ihm gab, legte sich Geliebte zu, weil ihm zu Hause etwas fehlte. Meine Mutter störte es, bröckelte doch wieder die Fassade für die Töchter ab, konnte aber nichts tun. Vom Untergang zu überzeugt.

Meine Schwester ging in die Offensive. Schnappte sich den Vater, tolerierte sein gut gelauntes Wesen, seine Schleichwege im Leben, übersah die Stimmungen der Mutter, würzte mit Elan, mit Kraft, mit Temperament. Lief dem falschen Mann in die Arme, sah sich bereits in der üblichen Familiengeschichte untergehen, ließ sich prügeln, demütigen, ausnutzen, bis sie sich entschied, den harten Weg der Auseinandersetzung zu gehen. Sie kam an die Oberfläche, prustend, erkannte, was das Leben für Schätze zu bieten hat.

„Was du in all dem für eine Rolle spielst, kann ich nur erahnen, aber genau das wäre die Aufgabe, von der ich dich bitten möchte, sie in Angriff zu nehmen", schließt sie.

Stille.

„Das meinte ich, als ich sagte, ich möchte, dass du ein neues Leben beginnst, Marie!" Das sagt sie, und dann schweigt sie.

Sie lässt den Motor an, fährt langsam durch die Sommernacht nach Hause, und ich möchte aussteigen, an Ort und Stelle bleiben. Ich habe Angst, ihren Bericht, den sie mir in die Hände gelegt hat, am Meer zu vergessen. Ich habe Angst, meine Kindheit, meine Jugend, meine Familie, mich selber in dem weichen, warmen Sand zu verlieren und nie wieder zu finden.

Natürlich irre ich mich. Noch ist mir nicht klar, wie mühsam das Fragen nach sich selbst ist.

Ich scheitere. Ich scheitere. Ich scheitere. Das sind die Worte, die mir am folgenden Samstag im Flugzeug durch den Kopf fliegen. Die Angst umringt mich, das schlechte Gewissen sitzt neben mir und nimmt meinen Kindern den Platz. Es sitzt wie ein Kloß im Hals, und ich weiß, dass es doch, dass es vorwärts gehen kann, weil meine Schwester durch ihre Erzählungen, Anmerkungen, Anekdoten, die sie in Tagebüchern, Briefen, in Gesprächen fand, meine Gefühle verständlich und mich ganz machte. Sie nahm mir den Verdacht, Jakob habe Theresa für seine Perversität benutzt. Sie reagierte gelassen. „Es liegt an dir, Marie", sagte sie und beendete das Thema. Sie kannte sich aus, erstellte ein ausgefeiltes Psychogramm einer Familie, die mir fremd und doch meine ist. Jakob und Ruth erscheinen weniger gewaltig.

Ich bin ruhiger geworden, der Kloß in meinem Hals drückt und zwickt und will heraus, aber ich kann mit ihm leben, kann ihm sagen, alles zu seiner Zeit. Mit jedem Kilometer merke ich, wie ich mich auf mein neues Leben freue, wie ich mich darauf freue, den Kloß heraus zu popeln und ihn bei meinem Tod nicht in drei ungleiche Teile zu teilen und meinen Kinder zu überlassen.

Es gibt so viel zu tun! Meine Eltern, an die sich meine Schwester nicht traut, meine Tante Viktoria, Lutz, meine eigenen Kinder, Vergangenheit. Die Lust packt mich, in Geschichte zu wühlen. Da liegt sie, und ich werde sie schnappen und bearbeiten. So lange, sie einmal umgeworfen und neu aufgebaut ist. So lange, bis schlechtes Gewissen, Angst, Verhaltensweisen, Muster, Regeln und Angewohnheiten einen handfesten Hintergrund bekommen haben.

Côcinha

Durch den vielen Regen ist alles noch chaotischer geworden. Das Leben steht Kopf. Jetzt fließt das Wasser langsam wieder ab, sucht sich Ecken, um zu vergammeln, und Holzbretter, um aufgesogen zu werden. Die Kinder übernehmen die Bakterien und klagen über Kopfschmerzen, Müdigkeit und Magenschmerzen. Das Fieber glitzert in ihren farblosen Augen, und die Ekzeme wuchern über die mageren Körper. In diesem Sommer sind es vier, die an den Folgen des stinkenden Wassers in den matschigen Baracken sterben. Im vorigen Jahr waren es zwei, davor fünf. Manche haben aufgehört zu zählen.

Tatiana weiß nicht, wer ihre Mutter ist, wie alt sie ist, ob sie so heißt, wie sie sie nennen. Aber das ist nicht wichtig. Oft redet sie von dem Tag, an dem alles anders wird. Eine Vorstellung, wie das ist, hat sie nicht. Meistens weiß sie nicht einmal, dass sie lebt.

Sie weiß nicht, welche der dickbäuchigen Kinder ihre sind. Sie hat eine 17jährige Tochter. Davon weiß sie auch nichts. Das hat sie in den Jahren mit Schnaps und Regenwasser vergessen. Ohne eigenen Willen.

Die Tochter nennen sie Côcinha, weil sie bei der Geburt pelzig war wie eine kleine Kokosnuss.

Côcinha weiß nicht, wer ihre Mutter ist. Sie erzählen ihr, es sei Tatiana, die Frau, die nackt durch die Gassen hinkt und leise vor sich hin redet, die Frau, die der Alkohol kahl gemacht hat, die Frau, die der Besitz aller Männer ist. Côcinha interessiert das nicht. Sie haben ihr das Sprechen, Betteln, Schnüffeln und Stehlen beigebracht. Sie kann leben und sie kann tanzen. Und Alain.

Alain hat ihr das beigebracht. Sie hat Glück gehabt. Alain hat einen dicken Bauch vom Alkohol und nicht von den Würmern. Er tut Verbotenes und verdient gutes Geld. Schon als kleines Mädchen liebte er sie und versprach ihr das Glück und die Welt. Er hat ihr gekauft, was sie brauchte, und ist mit ihr tanzen gegan-

gen.

*Auch Alain treibt es mit Tatiana, aber das tun sie alle, und kei-
ner meckert. Alain treibt es mit vielen, und Côcinha tut es auch
und daher ist es ok. Côcinhas Tochter Eugênia erzählt stolz, Alain
triebe es auch mit ihr. Dann schickt Côcinha das Kind in die Stadt,
irgendwie muss ihr dieser Unsinn auszutreiben sein. Côcinha hat
zwei Töchter. Die Kleine sieht aus wie Eduardo. Deshalb heißt sie
Eduarda. Eduardo will nichts davon wissen. Daher hat das Kind
oft Hunger und schreit, und sie gibt das Geld, das Alain ihr mit-
bringt, für Marihuana aus. Satt werden die Kinder ja doch nicht.
In diesem Sommer ist eines der vier toten Kinder Eduarda, und
sie geht auf Eduardo los und will ihn tot prügeln. Die Männer
johlen, und die Frauen waschen löchrige Wäsche in einem Pla-
stikeimer auf der Straße. Eduardo ist stärker als sie, und einige
Monate später schenkt Côcinha seinem Sohn das Leben, den sie
Milton nennt.*

*Eduardo stirbt bei einer Messerstecherei, und Alain lebt mit Nilza
in einer anderen Gegend. Côcinha schickt Eugênia betteln und
leidet bei dem Gedanken an sie in der riesigen Stadt, die sie selber nicht kennt, an unbeschreiblicher Angst. Den Sohn drückt sie
an sich und betet das Ave Maria, das sie nicht zusammenbekommt.*

*Eine weiße Frau kommt in die Siedlung. Sie verteilt Zettel, die
sie nicht lesen können. Sie spricht ihr Sprache mit Akzent, und
Flavio hält die Pistole bereit, weil er Angst hat, seine dreckigen
Geschäfte würden aufgedeckt. Die weiße Frau versucht, ihre Angst
nicht zu zeigen, und erklärt, sie könne ihnen Nahrung für die Kinder geben und Kleidung und Bildung.*

*Am nächsten Tag geht Côcinha mit zwei anderen Mädchen und
den Kindern zu dem weißen Haus am andern Ende der Stadt. Sie
fühlen sich verloren, und es ist heiß und laut. Sie klatschen in die
Hände, und die Hausangestellte lässt sie ein und führt sie in ein
steriles Zimmer, das vollgestopft ist mit Geräten. Ein weißer Mann*

kommt und begrüßt sie und bietet ihnen Brot und Wasser und Café an. Die Kinder stopfen es in sich hinein und verwüsten das Zimmer. Der Mann lächelt und sagt, es bestünde die Möglichkeit, ihre Kinder nach Europa zu schicken, damit sie etwas lernen könnten und nicht verhungern müssen. Dort könnten die Mütter sie besuchen, und sie bekämen Geld, um zur Schule gehen zu können und Arbeit zu finden.

Der Mann untersucht die Kinder. Côcinhas Tochter ist zu leicht und hat ansteckende Pusteln auf der Haut. Sie brauche einen Arzt, den bezahle er selbstverständlich, sonst überlebe sie keine Krankheit mehr. Der Sohn könne sofort nach Europa. Côcinha sagt, sie freue sich über den Arzt, aber den Sohn behielte sie doch lieber bei sich, und fühlt sich schäbig in dem sauberen Zimmer.

Gut, sagt der Mann, aber er könne nicht garantieren, dass der Sohn den nächsten Sommer überlebt.

Sie gehen zurück durch die Stadt und fühlen sich leer. Eines der Kinder fällt über einen Stein und blutet am Knie und verzieht das Gesicht nicht. Côcinha schläft die Nacht nicht und trinkt Schnaps und wartet auf die Sonne.

Die weiße Frau bringt Wasser, Reis und Bohnen und die Adresse des Arztes. Côcinhas Tochter erbricht das Wasser und verzieht sich in den Schatten hinter die Hütten. Côcinha raucht und betrachtet den Sohn. Eduardo fällt ihr ein. Den hatte sie vergessen. Sie gibt den anderen Kindern von dem Reis, und die Mütter werden neugierig. Gemeinsam wandern sie zu dem Arzt, und er piekst die Kinder mit Spritzen und gibt ihnen Pflaster und Tabletten gegen die Würmer. Er wünscht gute Besserung und bestellt sie in fünf Tagen wieder.

In der Siedlung ist Flavio rasend und zieht Côcinha in den Dreck. Sie will nicht, aber Flavio will. Anschließend rauchen sie gemeinsam Marihuana, und in der verlassenen Hütte stopft Côcinhas Tochter die Tabletten in sich hinein, weil ihr langweilig ist. In der

Nacht krampft sie, und Côcinha verzweifelt, weil niemand läuft und den Arzt holt, den es nicht gibt.

Die weiße Frau bringt wieder Essen und redet und hält den Sohn auf dem Arm und sagt, sie würden eine Schule aufbauen mit Geld aus Europa. Côcinha hat keine Vorstellung von Europa und bewacht die fiebernde Tochter und den zahnenden Sohn.

Marledes Baby geht nach Europa und Lauras kleine Tochter, und die beiden bekommen Geld und ziehen in eine bessere Gegend. Der Sommer kommt, und Côcinhas Sohn kann immer noch nicht laufen und hat den Bauch voll Würmer, und eine Schule gibt es nicht. Sie erschießen Flavio, und ein Kind ertrinkt im Fluss, und das Leben geht weiter, und Côcinhas Tochter bekommt die Masern. Und Côcinha betet und sieht keine Möglichkeit mehr, und sie hat Kopfschmerzen und bringt ein totes Kind zur Welt und kann auch mit Schnaps nicht mehr schlafen.

Die weiße Frau bringt den Arzt für Eugênia mit Tabletten und verspricht Fotos und Briefe und Geld und Côcinha gibt ihr den schlafenden Milton, und dann weint sie und weint und weint, und Eugênia wird gesund, und sie wein, und sie kauft Kleidung und ein Bett, und die Tochter kann nicht mehr schlafen, und sie weinen, und sie weint. Und sie wartet auf Briefe, und es kommen keine, und sie wartet auf die Frau, und sie kommt nicht, und die Schule wird nicht gebaut, und die verrückte Tatiana stirbt, und viele Frauen klagen, und sie wartet und schickt ihre Tochter in die Stadt und weint, und als die Tochter 9 ist, kommt sie nicht wieder, und Côcinha bleibt nichts als das Warten...

Wir fahren mit dem Zug vom Flughafen nach Hause. Es ist voll. Meine Kinder sind über den Wagen verteilt. Ich bin froh, dass wir überhaupt Plätze haben. Sie nörgeln, ich gebe nicht nach. Sie haben Wasser und Brote und eine wunderbare, außerordentliche Woche Italien im Gepäck, mehr braucht es nicht. Theresa schläft ein, Marvin rennt herum, Moritz betrachtet das triste Regendeutschland. Ich lehne mich zurück, hole mein Buch aus dem Rucksack, will es aufschlagen. Nichts dolles, einfacher Roman, etwas für nebenbei, zum schnellen Lesen in schnellen Zügen. Die Frau neben mir schrickt auf, reißt mir das Buch aus der Hand, blättert zur ersten Seite und zeigt mir, dass diese herausgerissen wurde. „Das glaube ich nicht!", erklärt sie vorwurfsvoll.

Ich erwarte verwundert einen Vortrag über die Misshandlung von Büchern.

„Woher haben sie dieses Buch?"

Ich muss überlegen. „Ich glaube, ich habe es mir von Bekannten ausgeliehen."

Die Frau ist in meinem Alter, ihre blauen Augen tanzen hinter der dünnen Brille. „Das muss meines gewesen sein! Was ein Zufall!"

Jetzt bin ich wirklich erstaunt. „Woher wissen Sie das so genau?"

„Das ist lange her. Eine Freundin hat es mir geschenkt, nachdem wir im Urlaub waren. Wir hatten eine schöne Zeit, und sie wollte sich bedanken. Auf die erste Seite schrieb sie eine Geschichte, in der sie einige typische Dinge aus dem Urlaub verarbeitete. Ich erinnere mich nicht genau... Irgendwann habe ich die Seite herausgerissen, um sie an anderer Stelle aufzuheben. Und dann verloren. Ich glaube, es ging im Wesentlichen um zwei Frauen, die sich kennen lernen, weil sie den selben Hut hatten."

„Den gleichen", rutscht es mir heraus.

„Oh, richtig. Den Fehler mache ich immer wieder." Sie lächelt.

Es macht sie sympathisch. Das Lächeln passt zu der Geschichte. „Warten Sie..." Sie blättert in dem Buch. „Hier..." Sie zeigt auf ein Herzchen, das mit Kugelschreiber neben die Seitezahl 11. gemalt wurde. „Am 11. sind wir damals losgeflogen." Sie sieht aus, als spule sie alte Erinnerungen ab. Verträumt sagt sie: „Ich habe mich so in das Land verliebt, dass ich Jahre später mit meinem Mann zurückging, um ein Kind aus einem überfüllten Waisenhaus zu adoptieren."

Will sie Bewunderung? Mitleid?

„Mensch, das ist alles so lang her. Unser Sohn ist schon acht. Und mit dieser Freundin habe ich seit mindestens zehn Jahren nichts mehr zu tun. Haben sie Kinder?"

Ich biete ihr einen kurzen Abriss meines Lebens. Sie nimmt ihn gerührt, interessiert an.

Einige Zeit später schlendert ein Junge an unsere Sitze. Die schwarzen Locken verfilzt. Das Hemd hängt nur halb in der Hose. Bekleckert. Der Hosenstall offen. Die Nase läuft, die Fingernägel starr vor Dreck. „Papa fragt, ob du noch Geld für Cola hast." "Ich habe dir bereits gesagt, es gibt keine Cola mehr. Und ich glaube kaum, dass Papa da anderer Meinung ist!"

Das Kind zuckt mit den Schultern und wendet sich in Richtung des anderen Waggon, wo es mit dem Vater sitzt.

Meine Nachbarin beugt sich vor. „Leon," flüstert sie ihm hinterher. „Komm bitte noch einmal her!"

Das Kind gehorcht missmutig.

„Ich bitte dich, mach deine Schnürsenkel zu und zieh die Schuhe richtige an. Das ist das siebte Paar in diesem Jahr. Mehr gibt's nicht!"

Das Kind nuschelt unverständliches und schlurft den Gang hinunter.

Meine Nachbarin lehnt sich zurück, sie spricht leiser, es ist ihr peinlich. „Es ist nicht leicht mit ihm im Moment. Er ist so chaotisch und widerspenstig, das habe ich noch nicht erlebt." Sie zuckt die Schultern. „Na ja." Und versucht ein Lächeln.

Später beim Aussteigen kommt mir der Gedanke, wie man so naiv und arrogant sein kann, sich einzubilden, ein Kind vor der sicheren Verwahrlosung retten zu können.

Zu Hause liegt ein empörter Brief des Exvaters, ich solle mich an die Abmachungen halten, dieses Wochenende habe er die Kinder. Ich wähle seine Nummer, erkläre gelangweilt, er solle sich nicht anstrengen und Interesse spielen, er könne sie gerne abholen, aber sie wären todmüde. Erstaunlicherweise steht er eine Stunde später vor der Tür. Sieht besser, fülliger, haariger, frischer aus als vor einem Monat, nimmt seine aufgedrehten Kinder mit.

Ich stürze mich auf meine Fachliteratur, verschlinge sie, nehme mir weder Zeit fürs Telefon, noch fürs Essen.

Gegen drei Uhr morgens ist mir schlecht, ich übergebe mich und stopfe Schokolade in mich hinein, weil die Zubereitung keine Zeit kostet. Währenddessen wühle ich weiter, erfahre erschreckende, interessante Dinge, die mir nicht mehr fremd sind.

Sonntags fahre ich müde zu meinen Eltern, um sie auf die Geschichten meiner Schwester anzusprechen. Als ich ihnen gegenüber stehe, lasse ich das Vorhaben fallen und schließe mich meiner Schwester an. Es ist zu spät, warum sich die Mühe machen?

In der dunklen Stube sitzen wir und trinken Kaffee ohne Koffein. Meine Mutter jammert über ihren Rücken, über dicke Füße, über undichte Fenster, über laute Nachbarn, über unfreundliche Kassiererinnen, über untreue Töchter. Mein Vater sitzt schweigend daneben, verwöhnt mich mit Apfelkuchen und tut unbeteiligt. Ich spüre meine Müdigkeit.

Es kostet mich Überwindung, nach einem Gang auf den Dachboden zu fragen.

Meine Mutter verweigert ihn mir. „Nein, Kind. Dann wird alles so dreckig da oben. Und ich kann nicht mehr oft putzen. Und Putzhilfen sind immer teurer. Nein, bleib lieber hier unten und leiste deinem Vater und mir ein bisschen Gesellschaft. Du bist sowieso zu selten da."

Ich erzähle überschwänglich von Italien.

Sie reagieren mit Unverständnis und dem Vorwurf, ich sei eine schlechte Mutter. Zwischendurch fällt meiner Mutter immer wieder ein, dass sie leidet.

Dann reicht es mir. Es ist nichts von diesem Besuch zu erwarten, und ich steige winkend ins Auto.

„Die Kinder möchte ich auch einmal wieder sehen!"

Tschüss. Bis bald vielleicht. Ein wunderbar leerer Sonntagabend in einem wunderbar einsamen Haus. Ich bestaune Fotos der letzten 15 Jahre. Ich bestaune mein Leben, das plötzlich wie eine Perle in die Kette unserer Familienchronik passt. Geschockt bin ich nicht wirklich. Dazu scheint es zu weit weg.

Montags kommt Marvin mit juckendem Popo und tanzenden, weißen Würmchen im Stuhl von seinem Vater wieder. Wir statten dem Kinderarzt einen Familienbesuch ab, über den alle Mitglieder schimpfen. Bei der Gelegenheit ziehe ich den Arzt ins Nebenzimmer und frage nach einer Beratungsstelle. Ich merke, wie er sein Arbeitsgesicht aufsetzt, sicherlich spielt er Poker, ernsthaft, unbewegt und listig. Er nennt mir eine Adresse in der Stadt.

Abends entdecken die Kinder die Aufklärungsbücher, die ich morgens gekauft und als stummes Angebot wie zufällig im Haus verteilt habe.

Theresa interessiert es nicht. Sie guckt Serien.

Moritz verzieht sich auf sein Zimmer, nimmt eines der neuen Bücher mit.

Marvin ist entzückt. Er möchte genau und immer wieder erklärt haben, wieso das Baby nicht atmen muss, wenn es in der dicken Mama liegt, die in einem der Bücher abgebildet ist und nett aussieht. Wir nehmen uns Zeit. Mein guter Ruf als Mutter ist sowieso hin, sollen sie am nächsten Tag noch einmal ausschlafen. Komischerweise habe ich das Gefühl, das richtige zu machen. Was ist Schule gegen die Einsicht, ein Leben lebenswert zu gestalten?

Ich täusche mich gewaltig. Moritz steht am nächsten Morgen weinend vor meinem Bett. Er möchte wissen, warum sie nicht mehr zur Schule müssen, warum wir einfach nach Italien fliegen, warum ich so anders wäre, ob es denn nicht wie immer sein könnte.

Ich nehme ihn in den Arm, trockne salzige Wangen, erkläre, manchmal wären auch Mütter ein wenig erschöpft und bräuchten eine Abwechslung. Es bliebe aber alles beim Alten. Bei dem Satz zieht es sich in mir zusammen. Ich befehle ihm, sich auf der Stelle fertig zu machen und zur Schule zu gehen.

Auch Theresa wecke ich. Sie ist weniger erfreut.

Marvin lasse ich schlafen. Auf ein nörgelndes Kind kann ich verzichten.

Neben Theresas Bett finde ich später eines der neuen Bücher. Die Geschichte einer Klasse, in der es Jungen gibt, die die Mädchen anfassen, obwohl sie es nicht wollen. Die Geschichte ist einfach formuliert, dabei präziser und genau. Ich muss lächeln. Vielleicht war es eine gute Idee.

Am Mittwoch bestätigt sich mein Verdacht. Ich bin schwanger! Ich lasse mir einen Termin bei meiner Ärztin geben und kann es nicht fassen. Ich weiß nicht, ob ich weinen oder lachen soll, entschließe mich schließlich für Euphorie und begreife entgültig, dass das Leben ein anderes sein wird.

Zwei Tage später hole ich Theresa von der Schule ab, als Große darf sie mit zur Ärztin, die mir alles Gute wünscht, und ich fühle mich jung, spontan und voll Leben. Theresa freut sich riesig. Damit hätte sie nicht gerechnet.

Über den Vaters des werdenden Kindes erzähle ich ihr die Wahrheit, nachdem ich zwei Tage darüber gebrütet habe. Es geht um

Wahrhaftigkeit, oder?

Sie isst ihr Eis und kann nicht fassen, dass ihre alte Mama noch zu so etwas im Stande ist.

Gleichzeitig merke ich ihr an, dass sie beunruhigt ist. Ich versuche dem entgegenzuwirken. Ihr Vater bliebe ihr Vater, ihre Mutter, ihre Mutter, und ob der Italiener noch aufzufinden sei, fraglich. Ich verbünde mich mit meiner Großen und bitte sie, nichts den Jungs zu erzählen. Sie verspricht es. Endlich lacht sie wieder laut.

Ich bin froh; sie hätte anders reagieren können.

Anschließend schlendern wir durch die Stadt. Ohne mit der Wimper zu zucken, nimmt sie meinen Vorschlag an, einmal bei der Beratungsstelle vorbei zu schauen. „Wir schnuppern mal rein, gucken, was das so ist. Ich denke, das ist eine tolle Sachen für junge Mädchen!"

Fest entschlossen tritt sie ein. Ich habe bereits mit der Leiterin gesprochen. Sie empfängt uns, bietet Kekse und Saft an und erzählt ein bisschen über die Institution.

Am Schluss sagt sie Theresa, sie würde sie gerne ohne störende Mutter kennen lernen. Theresa lacht mit ihr, und ich fühle mich ausgeschlossen. Sie vereinbaren einen Termin. Ich bin erstaunt, wie selbständig meine Tochter ist.

Anschließend wird es Zeit, die Jungs bei ihren Freunden abzuholen und ein ruhiges, alltägliches Wochenende einzuläuten.

Eines der Kinder fällt über einen Stein und blutet am Knie und verzieht das Gesicht nicht. Plötzlich gibt es so viele Sachen, die ein Leben interessant machen. Dann ist es still, und in dem alten Kastanienbaum trällert ein Vögelchen. So hat sie jahrelang inmitten von abgeblätterten Wänden in dem weitläufigen Innenhof gestanden und fremde Wäsche an Leinen gehangen. Eines Tages. Das Wasser lag in endloser Leere, machte das Leben zu einem

furchtlosen Feind und demonstrierte mit jedem Atemzug, wie klein
der Mensch war.

Das Leben verläuft wieder geregelt. Ich lege Wert darauf. Ich
bin nicht zu viel fähig, jeden Tag überkommt mich Übelkeit. Der
werdende Vater meldet sich nicht auf den ausführlichen Brief, den
ich schreibe. Gut, dann nicht!

Theresa geht einmal die Woche in die Beratungsstelle, und sie
geht gerne. Sie erzählt nichts, und das ist gut so, obwohl ich es
gerne wüsste.

Meine Schwester meldet sich und bestaunt freudig Neuigkeiten.
Sie gibt mir mehr Adressen, mehr Litaratur. Sie lädt mich auf eine
Sitzung Psychodrama bei einem bekannten Mann ein. Auch mehr,
wenn ich will. Sie schickt mir die Fotos der langen, weißen Wä-
scheleinen, die ich in Italien mit ihrer Kamera fotografierte, weil
sie mir so gut gefielen. Die weiße Wäsche, die in den Höfen und
an Leinen hing, die zwischen den Häusern gespannt waren. Die
Fotos sind nicht so begeisternd wie die Realität, aber sie wecken
Erinnerungen an wunderbare Bilder.

Ich bemühe mich um Weiterbildung und erschrecke vor dem
Nichts, das ich in meinem Studium gelernt habe.

Ich werde dicker und schwerer, und die Nachbarn können es nicht
fassen. Ich denke an einen Umzug in die Stadt. Ich verschiebe es
auf später. Ruhe ist gefordert. Mittlerweile muss ich mich vor im-
pulsiven Entschlüssen hüten, die mir früher fremd waren. Mir kommen Ideen, und ich glaube, sie auf der Stelle realisieren zu müssen.

Nachts liege ich wach und grübele über den Lebensfluss. Es geht
zu schnell, zu unproblematisch. Es wirkt unecht. Ich schiebe meine gute Laune auf die Hormone. Es wird schon noch kommen, das
schwarze Loch.

Und es kommt! Im Winter überfällt es mich. Ich fühle mich eingeengt und fremd. Niemand ist mehr, wer er war, zu meinen Eltern habe ich noch weniger Vertrauen. Meine Schwester zieht in eine größere Wohnung und hat keine Zeit. Freunde? Gibt es nicht. Auf Bekannte kann ich seit meiner Schwangerschaft verzichten. Ich brauche neues und weiß nicht was. Ich träume wild, bin schlecht gelaunt, schnell genervt, ungeduldig, freue mich an nichts.

Die Psychologin, die mit Theresa arbeitet, deutet eindeutige Dinge an. Ich habe versagt, setzt sich in meinem Kopf fest. Sie gibt mir Tipps mit auf den Weg; ich bin überzeugt, es sei zu spät.

Theresa ist unverändert und doch begegne ich ihr zurückhaltend, vorsichtig, traue mich nicht. Sie muss es merken, auch da der Gedanke, sie weiß längst, ich habe versagt, und stört sich nicht mehr daran.

Ich schicke auch Moritz und Marvin zu einer Beratungsstelle. Jetzt will ich sichergehen. Ich entwickle einen ohnmächtigen Hass auf Jakob. Er hat noch einige Male angerufen, nachdem ich zurück war, mir Briefe geschrieben, sie vergessen und später meiner Schwester bei einem Besuch gegeben, von dem ich nichts wusste, wie es bereits vor Jahren einmal passierte. Ich möchte ihn verklagen, kann aber die Befragung, die Tortur, die auf meine Tochter zukommen würde, nicht verantworten.

Ich erzähle in der Beratungsstelle von Lena. Ich mache mir Sorgen. Es muss etwas getan werden! Man muss ihn aufhalten! Man muss ihm den Schmerz zufügen, den er den Kindern antut und angetan hat. Aber er würde sich herausreden. Es führt zu nichts. Die Beratungsstelle beruhigt mich nur vorübergehend. Sie kümmern sich. Nur keine schnellen, unvorsichtigen Aktionen!

Irgendwann kommt ein Brief von Jakob, in dem er schreibt, seine Frau und Lena wären über Nacht weggezogen, seien unauffindbar, ich solle kommen, ihm helfen. Ich kann nur lachen, mit Tränen in den Augen zerreiße ich das Blatt, verbrenne es, hoffe, Frau und Kind haben sich in Sicherheit gebracht.

An diesem Tag im April spüre ich das Kribbeln in den Fingern, da ist wieder Kraft. Es gibt Wege, ich muss sie suchen und gehen. Ich denke oft daran, Ruth anzurufen, ihr einen Brief zuschreiben, jetzt fühle ich mich imstande dazu. Als ich ihre Wohnung verlassen habe, war sie überzeugt, ich glaube ihr nicht. Ich fühle mich zu ihr hingezogen, möchte mich mit ihr zusammen tun. Sehne mich nach einem Gespräche auf ihrem Balkon. Vielleicht können wir uns unterstützen!

Die Beratungsstelle kommt mir zuvor. Sie fragen mich, ob es eine Möglichkeit gäbe, sich mit Ruth, der Mutter von Lena und den entsprechenden Fachleuten zusammenzusetzen. Es müsse über eine Anzeige, einen Prozess und eine Verurteilung im Sinne der Kinder nachgedacht werden.

Ich sage zu und bin aufgeregt. Ich habe Angst um Theresa. Ich würde ihr gerne alles abnehmen, ohne es zu können. Meine Schwester bestelle ich zu dem Termin in Ruths Stadt. Ich bestehe darauf, dass sie an dem Gespräch teil nimmt. Der sensible Freund hütet die Kinder.

Tilla

Er hatte oben auf dem hübsch verarbeiteten, alten Holz-schränkchen gesessen und das Treiben in dem Café tagtäglich mit seinen klugen Augen beobachtet. Ihn bemerkten wenige der Gäste, nur die, die sich umsahen.

Ihre Oma war so ein Gast. Sie kam regelmäßig in das Café in der schummrigen Seitenstraße, aß ein halbes Brötchen mit Butter, trank schwarzen Kaffee und beobachtet die Vorgänge in dem Raum. Sie setzte sich selten ans Fenster. Es war ihr lieber, die Sichtweite einzuschränken und sich auf Kleinigkeiten zu konzentrieren.

So bemerkte sie an einem Sonntag als erste, dass der Stoffrabe nicht mehr auf seinem Schränkchen saß. Sie winkte den geheimnisvollen, alten Besitzer an ihren Tisch, beugte sich dicht an sein Ohr, deutete auf den fehlenden Raben und zeigte Interesse. Der Besitzer erzählte, den Raben habe eine schwere Krankheit befallen, purzelnde Stoffinnereien, die wilde Kindheit – Sie wissen schon. Es sei nichts zu machen. Ihre Oma bat ihn, ihr das Tierchen zu überlassen. Sie konnte es pflegen, heilen und munter machen. Als sie eine Stunde später mit dem Stofftier in der Hand durch die bimmelnde Tür das Café verließ, gebar ihre einzige Tochter auf der anderen Seite der Stadt die erste Enkelin, und am Abend eilte sie ins Krankenhaus, begutachtete das rote Würmchen und setzte den geflickten Raben in das sterile Bettchen.

Das Mädchen mit den schwarzen Haaren sah man nie ohne Raben. Schon als Kleinkind wollte sie nicht ohne ihn das Haus verlassen und brachte ihre Mutter zur Weißglut. In dem Jahr, als sie in den Kindergarten und den Raben zu Hause lassen musste, starb die Oma, und das Mädchen verfluchte den Kindergarten und die Pflichten im Leben, zu denen nicht nur schlafen, waschen und spielen, sondern auch essen zählten. Sie weigerte sich schlicht, trieb sich herum, dreckig, stank, fluchte und verbrachte die Tage bei fremden Menschen. Ihre Mutter wusste nicht aus, nicht ein, die Freunde gaben gutgemeinte Ratschläge, die nichts nutzten, Fachleute reagierten mit einem Lächeln; das wird schon wieder. Es wurde nichts, das Mädchen fing an, alles und jeden zu hassen, redete ausschließlich mit dem Raben, zerstörte die Wohnung, und die Mutter schrie und flehte und schlug und weinte, und es half nichts. Sie bestellte das Jugendamt in die Wohnung, sie schlugen vor, das Kind für eine Weile fremd unterzubringen, statt weiter zuzusehen, und von dem Tag an klingelte das Telefon nicht mehr in der gemütlichen Wohnung, es kamen keine Besuche mehr, und die Bäckersfrau an der Ecke lachte nicht mehr.

Am Abend vor dem Treffen in Ruths Stadt gehe ich mit meiner Schwester, dem sensiblen Freund und den Kindern essen.

Das Mädchen wollte nicht bleiben, wo es war, vermisste die Mutter, die Wohnung, das lange Frühstück am Sonntag, die roten Gardinen, das Badezimmer, das gut roch, das Katzentier, das immer pinkelte, und den Vater, der nicht kam. Es beschloss, nach Hause zu gehen, notfalls zu fliegen, nahm den Raben, schlich durch die angelehnte Tür, vorbei an den friedlichen Kinderzimmern, über den stillen Hof, in die schwarze Nacht und ging und staunte über die hohen Häuser und setzte sich an eine Hauswand, um auszuruhen.

Anschließend suchen wir in den vollgeparkten Straßen das Auto. Während der Rest der Familie es gefunden hat, und losstürmt, entdecke ich das Mädchen, das zusammengekauert an einer Hauswand lehnt. Ich sehe mich nach Verantwortlichen um, entdecke keine und knie mich zu ihm auf den kalten Boden.

Es sieht mich an und sagt leise hallo.

Ich entdecke das dreckige Stofftier in ihren Händen. „Ist das dein Rabe?"

„Ja!"

„Bist du auch ein Rabe?"

„Ja. Ich bin eine Rabenmutter!"

„Und wo ist deine Mutter?"

„Die ist weggeflogen!"

„Weggeflogen?"

Das Kind nickt ernst.

„Und du bist ganz alleine auf der Straße?"

„Nein, dazu bin ich viel zu klein!"

Ich muss lachen. „Ja, da hast du recht."

„Mein Papa kommt gleich und holt mich!" Sie nickt mit dem

Kopf in Richtung eines der Häuser auf der anderen Straßenseite.
„Er musste nur was holen!"

„Was denn?" Ganz glauben kann ich ihr nicht.

„Eine Sache von einem Freund. Der wohnt da."

„Und warum bist du nicht mitgegangen?"

„Och, ich hatte keine Lust." Sie seufzt und hat mich überzeugt.
Ich stehe auf. „Na, dann pass gut auf deinen Raben auf!"
Ich gehe bibbernd weiter und steige zu einer singenden Familie
ins Auto

Das Gespräch ist zäh und anstrengend. Lange brauchen wir, bis
wir zum eigentlichen Thema kommen. Etwas Schreckliches verbindet uns, und man lässt uns Zeit.

Ruth bleibt distanziert. Lenas Mutter und Ruth beziehen eindeu-
tig Position für eine Anzeige, ich spreche mich dagegen aus. Vielleicht glaubt mir Ruth nicht, dass wir genau das gleiche wollen.
Sie lacht kein Mal. Lenas Mutter stehen die Tränen in den Augen.
Ich habe horrende Kopfschmerzen. Meine Schwester hilft mir nicht
weiter.

Das Gespräch wird vertagt, wir sollen uns noch einmal Gedanken machen.

Meine Schwester und ich gehen in das Hotel nahe der Beratungsstelle. Ich falle sofort ins Bett. An mir nagt die Vorstellung, Ruth
nehme meine Bemühungen nicht ernst. Ihre Freundlichkeit ist verschwunden. Sie möchte nichts mit mir zu tun haben. Ich brauche
sie. Sie würde mich verstehen. Vielleicht geht ihr die Sache zu
weit. Vielleicht möchte sie mich an den Schweinereien ihres
Exmannes nicht teilhaben lassen? Vielleicht gehen mich ihre Kinder nichts an? Und sie will nichts von meinen wissen?

Später habe ich eine Idee und schlafe die ganze Nacht nicht. Ich
plane.

Die Beziehung zu Ruth muss besser laufen, sonst kommen wir

nicht weiter.

Meine Schwester ist begeistert. Nach einem erneuten, zermürbenden Gespräch am nächsten Tag, das nach einer Stunde abgebrochen wird, machen wir uns an die Arbeit. Ich bin froh, etwas tun zu können. Ich muss an Lenas Mutter denken, die am Vormittag während des Gesprächs zusammengebrochen ist. Ich denke an Josephine, die ich gerne wiedersehen würde, und an Bento, der nichts von uns wissen will.

Abends fahren meine Schwester und ich in die Stadt, um etwas zu essen. Wir schlendern durch die leere Innenstadt, und ich fühle mich nicht gut. Es ist, als hätte ich diese Stadt überstürzt verlassen, ohne die Dinge in Ordnung zu bringen. Ständig denke ich, dass ich verfolgt werde, und sehe mich nervös um. Meine Schwester will mich in den Arm nehmen; ich lasse es nicht zu, bin zu angespannt. Mein dicker Bauch wird von den Leuten angestarrt, und ich habe das Gefühl, sie verachten mein Auftauchen in dieser Stadt als Eindringling, ein Spion auf fremdem Boden. Ich versuche mich an das Restaurant zu erinnern, in das mich Jakob damals schickte. Ich kann es nicht finden, und vielleicht ist es besser so.

Schließlich sitzen wir in einer gemütlichen Kneipe mit roten Wänden und verwegenen Kellnerinnen. Meine Schwester bestellt die teuerste Pizza, weil sie feiern will, und eine Flasche Rotwein, weil der dazugehört. Mir dreht sie ein Glas an und überzeugt mich, das Baby sei ja schon selber so weit, dass es Alkohol trinke. Ich nippe an dem farblich ins Ambiente passenden Gesöff, merke aber nach einem Schluck, dass mir speiübel wird. Meine Schwester trinkt die Flasche alleine, nur den letzten Schluck nicht, isst meine Nudeln zur Hälfte, weil diese in mir Sodbrennen auslösen, und anschließend wird sie puterrot und albern.

Sie bestellt die Rechnung auf serbokroatisch, schenkt dem jungen Mann vom Nebentisch die Plastikrose, die unseren Tisch ziert, bedankt sich überschwänglich bei unserer Kellnerin und torkelt springend die Treppe zur Straße hoch. Ich motze, was ihr einfiele, wir hätten noch etwas vor. Sie grinst mich an und hält eine Rede über die Bedeutung des Sterne-Pflückens in solchen Stunden, hakt mich unter und zieht mich in die falsche Richtung. Ich wende wieder, schlendere mit ihr in Richtung Auto.

Am Bahnhof sitzt das Mädchen, das ich am ersten Tag in dieser Stadt getroffen habe, auf einer der Bänke und schläft, den Kopf tief auf der Brust, die Arme über Kreuz. Sie ist magerer geworden, ihre Kleidung schlechter, die Haare zerzauster. Ich ziehe meine Schwester zu ihr.

„Die da kenne ich", erkläre ich.

Meine Schwester verzieht das Gesicht. „Na, meine Schwester treibt sich ja in bester Gesellschaft herum." Sie lacht laut, durch den Alkohol verzerrt. Einige Wartende sehen zu uns.

Ich bleibe stehen, weiß nicht recht, wie es weitergeht. Meine Schwester macht sich los, steuert das Mädchen und die Bank an, und im letzten Moment kommt mir mein Selbstbewusstsein zu Hilfe. Ich will doch, warum mache ich es dann nicht?

Das Mädchen bekommt die Augen nur schwer auf. Sie sind rot gerändert und wirken grotesk in dem blassen, verfallenen Gesicht. Fast gespenstisch. „Ja?" Die Stimme belegt, keine Regung.

„Kennst du mich noch?", frage ich laut und deutlich.

Meine Schwester setzt sich neben sie und beobachtet uns.

Ich bleibe stehen und fühle mich unwohl. Da ist es, das schlechte Gewissen. Sitzt in mir und nagt an mir und will mich zum Schweigen bringen. Will mir einreden, ich wäre Schuld an den müden Augen, an den fehlenden Zähnen, an den Einstichen am Körper, die sich unter der billigen Kleidung verstecken.

„Nein." Sie schließt die Augen, der Kopf sinkt.

Meine Schwester springt ein, plötzlich scheinbar nüchtern. „Hör mal! Wir haben eine Sache, bei der du uns helfen kannst. Sagen wir 100?"

„Nein." Sie öffnet nicht einmal die Augen.

Ich bin an der Reihe. „Gut, 200! Ist vollkommen seriös. Nur ein paar Plakate aufhängen!" Ich zwinkre meiner Schwester mit dem einen Auge zu. Wir sind ein tolles Team.

Das Mädchen öffnet mit einem Kraftakt die Augen und setzt sich aufrecht. „Hey, ich habe dich getroffen. Wir waren beim Italiener!" Ich warte auf ein Grinsen, aber es kommt keines. Sie steht ruckartig auf. „Gut, gehen wir!"

„Gehen wir!" Meine Schwester freut sich über unseren Gast und geht neben ihr zum Auto.

Ich bleibe auf Abstand. Ob das eine gute Idee war? Warum eigentlich nicht?

Wir schweigen auf der Fahrt. Ich wälze in meinem Kopf die Sätze. Müssen wir ihr die Geschichte erzählen?

Wir müssen nicht, aber meine Schwester will. Sie erzählt alles. Wir sitzen im Auto in Lutz Straße, und das Mädchen erfährt Dinge, die würde ich meiner besten Freundin nicht erzählen. Ich sitze daneben und höre mir die Geschichte an.

Irgendwann unterbricht das Mädchen meine Schwester. „Ich kenne das!" Sie ist ernst. Von Müdigkeit keine Spur. „Mein Vater hat mich missbraucht, bis ich 11 war. Und dann ist er bei einem Unfall gestorben. Ich habe es meiner Mutter erzählt. Sie hat es nicht geglaubt. Vielleicht der falsche Zeitpunkt. Dann hat sie mich rausgeschmissen. Nie durfte ich wiederkommen. Ich war im Heim und dann weg. Manchmal gehe ich zu unserem Haus und klingele. Ich kann es nicht glauben. Wenn ich Hunger habe und in mein Zimmer will und in die Schule und zu meinen Freundinnen. Sie will mich nicht. Ich habe im Garten nach dem Igel geguckt. Und dann ist meine Mutter weggezogen. Und der Igel kommt nicht mehr in den Garten. Die Leute geben ihm nichts zu trinken. Er heißt Dominik!"

Kurz sieht sie uns in die Gesichter und lächelt. „Ich weiß nicht, wo sie ist. Ich würde sie gerne wiedersehen. Und auch nicht. Und meinen Vater möchte ich treffen. Ich war seine Prinzessin, und er hat gesagt, er hätte besser mich geheiratet und nicht meine Mutter. Heimlich waren wir Mann und Frau. Aber nur heimlich... Und immer Alkohol. Er hatte immer einen Kasten Bier, und ich durfte einige Flaschen trinken. Er sagte, ich sei ja schon so groß und Prinzessinnen dürften besonders viel trinken. Er selber hat auch getrunken, aber nicht viel. Vielleicht hatte er Angst, dass meine Mutter merkt, dass so viele Flaschen fehlen. Trotzdem stank er dann. Ich dachte damals, das müsste so sein.

Meine Mutter hat mir mal erzählt, wie Babys gezeugt werden. Ich dachte immer, in meinem Bauch wäre auch ein Baby.

Die großen Mädchen im Heim hatten Rasierklingen, und...

Irgendwann habe ich mir alles aufgeschnitten mit denen, das hat ein bisschen geholfen.

Ich war überzeugt, ich könnte fliegen, spränge ich von ganz oben aus einem der Fenster. Ich habe mir weiße Flügel vorgestellt. Wie warm der Himmel ist, habe ich mir ausgemalt. Ich hab' mich nicht getraut... aber die Vorstellung war meine Rettung.“

Leise beginnt sie zu weinen. Eine Weile sitzt sie auf dem Beifahrersitz und schluchzt. „Und hätte meine Mutter mir all das geglaubt, wäre es nicht so schlimm gewesen. Dann wäre ich jetzt zu Haus, und vielleicht würde ich in diesem Jahr Abitur machen. Und sicherlich wären dann diese verdammten Drogen nicht.“

Sie wird laut, unter Tränen stößt sie ihre Wut hervor. „Und ich würde nicht jeden Tag wieder denken, welch verdammter Müll ich bin. Wie unfähig ich bin! Ich bin schuld an all dem! Ich habe meiner Mutter das erzählt, und vielleicht stimmt es ja nicht? Vielleicht habe ich es mir ausgedacht.

Aber ich wollte es nicht anders. Ich musste mein Maul aufreißen und im Heim landen. Und da wurde alles noch schlimmer. Selbst

Schuld kann ich da nur sagen. Selbst Schuld! Was für eine abscheuliche Tochter war ich! Die Kinder in meiner Klasse haben über ihre Eltern geschimpft, ich musste über mich schimpfen. Was bin ich doof gewesen! Es hätte so schön sein können.

Mein Vater hatte einen tollen Beruf und war sehr angesehen. Er kann so was nicht gemacht haben. Natürlich habe ich es mir eingebildet. Vielleicht im Fernsehen gesehen oder so."

Meine Schwester beugt sich vor und nimmt sie in den Arm.

Ich fühle mich unfähig, mich zu bewegen. Was soll man da sagen? Was wird Theresa in einigen Jahren erzählen, was Lena, was Paula, was Josephine? Was passiert in diesem Moment hinter den dunklen Fenstern all der Villen dieser noblen Straße? Jedes vierte Mädchen! Meine Mutter. Meine Großmutter. Wie kann man so etwas verschweigen?

Das Mädchen wischt Wasser und Rotz in den Ärmel. Voller Tatendrang, mit einer kräftigen Portion Überzeugung mehr als vor zwei Stunden steigen wir aus. Meine Schwester hat die Fotos, ich die Texte, das Mädchen die Schnur.

"Wie heißt du?"

„Laule!"

„Mensch, da habe ich mal eine Kleine gekannt in dem Heim, in dem ich gearbeitet habe. Kann das...?"

„Psst!" zische ich meine Schwester an. Es liegt mir alles daran, nicht gesehen zu werden.

Leise machen wir uns an die Arbeit. Lange Schnüre spannen wir quer über die Straße. Hin und her. Von den Bäumen zu den Stromkabeln und zurück. Gartenzäune, Sträucher, Regenrinnen. 500 Fotos haben wir vergrößern lassen. 500 mal das gleich Motiv. Weiße, frisch gewaschene, fremde Wäsche in italienischen Höfen. 500 reine Kinderseelen. 1000 Wäscheklammern lagern im Auto. Ein Foto nach dem anderen hängen wir an die Schnüre, und sie tanzen lustig im Wind. Dazwischen Texte auf festem Karton. Erfahrungsberichte von Gewaltopfern. Angedeutet. Keine Details. Keine Gebrauchsanweisungen für Täter.

Laule sagt, sie könne sie trotzdem nicht lesen, ihr würde heiß und kalt und schlecht. Sie bekommt Schüttelfrost und setzt sich eine Weile ins Auto.

Es dauert Ewigkeiten. Auch ich muss mich irgendwann hinsetzen. Das Baby in mir tritt vehement, mir ist schwindelig.

Meine Schwester arbeitet unbeirrt weiter. Wieder einmal denke ich, wie toll ist es, eine solche Frau zur Schwester zu haben. Schwester? Schwester!

Erst als die Sonne aufgeht, zeigt sich die Straße in einem erfreulichen Wirrwarr. Der Himmel ist klar, voll von Sternen, und es wird nicht regnen. Es ist ein Kunstwerk. Pompöser hätte es nicht sein können. Plötzlich haben wir Angst, entdeckt zu werden. Die aufkommende Helle stellt uns bloß.

Zu schnell fahren wir zur Lokalzeitung, stürmen die Druckerei, bekommen die Telefonnummer der Chefredakteurin. Meine Schwester übernimmt das. Gleich von der Druckerei aus dürfen wir telefonieren. Die Redakteurin, verschlafen, nennt uns einen Ansprechpartner. Der Journalist gibt sich verärgert am Telefon. Er habe kleine Kinder, er müsse schlafen! Meine Schwester hinterlässt Adresse, Telefon und Namen wahrheitsgetreu. Er verspricht, sich der Sache anzunehmen. Ob es noch in die heutige Ausgabe komme, könne er nicht sagen. Den fachkundigen Text faxen wir ihm aus der Druckerei zu.

Wir bleiben ratlos zurück. Die Arbeit getan.

Laule hat die Idee, es bei noch einer Zeitung zu probieren. Wir fahren hin, gleiches Spiel noch einmal. Der Chefredakteur zufällig bereits in der Redaktion, verspricht, sofort jemanden hinzuschicken. Begeisterter.

Ich bin erstaunt. Ich hätte nicht gedacht, dass es so leicht geht. Es bleibt zu hoffen, dass Jakob davon erfährt. Er soll wissen, dass ich alles weiß und dass ich ihn hasse dafür! Und Ruth. Sie soll wissen, wie ernst es mir ist. Und wie dringend ich sie brauche.

Laule schläft auf dem Beifahrersitz ein. Ich habe Schwierigkeiten, sie wieder auf der Straße rauszulassen.

„Marie! Das ist ihr Leben, die Straße! Lass sie es doch leben!"

Laule nimmt die 200 Mark und bedankt sich nicht für das Geld, sondern für die Nacht. „Es war mal was anderes! Wenn ihr wieder hier seid, müsst ihr kommen und mich am Bahnhof besuchen! Wenn es mich dann noch gibt." Sie grinst und wankt davon.

Ich sehe ihr einige Zeit hinterher.

„Nu fahr endlich los, Marie!"

Der Wagen rollt. In mir dreht es sich. Meine Augen sind müde. Alles andere hellwach. Ich halte an einer Kreuzung an, steige aus, muss mich übergeben. Meine Schwester wirkt beunruhigt. Sie steht neben mir und weiß nicht recht, was sie machen soll!

Schließlich übernimmt sie das Steuer. „Nicht, dass wir morgen einen schreienden Säugling in den Händen halten."

Im Hotel falle ich in das gemachte Bett und kann nicht schlafen. Immer wieder kreisen Laules Worte in meinem Kopf. Ich spüre einen Durst, der nach zwei Flaschen Wasser noch nicht gestillt ist. Meine Schwester schnarcht friedlich neben mir. Ich dusche, und erst anschließend falle ich in unruhigen Schlaf. Ich träume von Karneval. Alle sind als Prinzessinnen verkleidet, aber ohne Schuhe in hohem Schnee, und auf ihrem Arm tragen sie Raben. Es ist verworren, und beim Aufwachen erinnere ich mich nur noch an Fetzen.

Am Nachmittag ein letztes Gespräch. Es wird zu einer Anzeige kommen und zu einem Prozess. Wir bekommen Adressen von fachkundigen Rechtsanwälten in unserer Nähe. Alles wird durchgesprochen. Ich äußere, ich wüsste nicht, ob ich stark genug wäre, meine Kinder zu führen. Ruth würdigt mich keines Blickes.

Heute war noch nichts in der Zeitung.

Mit mulmigem Gefühl fahren meine Schwester und ich nach Hause. Dort erwartet uns das Chaos. Die Kinder freuen sich.

Abends spreche ich mit Theresa. Ich sage ihr alles, was ich weiß. Sie schreit mich an, ich solle mich nicht in ihr Privatleben einmischen.

Am nächsten Tag ruft Ruth mich gegen neun Uhr morgens an. Sie habe von unserer Aktion in der Zeitung gelesen, es habe sie beeindruckt.

Ich weine das erste Mal in meinem Leben am Telefon und erzähle von Theresa.

Sie lädt uns zu sich ein. Vielleicht Paula und Theresa zusammen?

Ich frage sie, ob nicht sie kommen wolle, bei uns wäre mehr Platz, und ich könnte es den Kindern nicht wieder zumuten, aus ihrem gewohnten Leben zu fallen.

Entgegen meiner Erwartung sagt sie zu und kündigt sich für den nächsten Tag mit den drei Kindern an. Aber ich könnte mich auf einiges gefasst machen. Josephine wäre in solchen Situationen regelmäßig komplett außer sich.

Ich freue mich drauf.

Marvin freut sich auch. „Dann kann ich mit Josephine spielen!" Ich lache und bezweifle es.

Moritz freut sich auf Ian. Eine gewisse Erinnerung habe er noch, behauptet er.

Theresa schmeißt den Teller zu Boden und stürmt in ihr Zimmer. Es kann heiter werden!

Nachmittags hat sie einen Termin bei der Psychologin. Ich rufe sie an und erkläre ihr die Situation. Sie ist überrascht, dass es doch zu einer Anzeige kommen soll. Ich gebe ihr die Nummern der mit dem Fall betrauten Fachleute, und sie sagt, das würde dauern, bis Theresa so weit wäre.

Ich lege auf und bin beruhigt. Sie soll das in die Hand nehmen, Termine vereinbaren, Zeiten festsetzen. Ich habe doch keine Ahnung. Das erste Mal habe ich das Gefühl, aufgehoben zu sein.

Am nächsten Morgen finde ich im Briefkasten einen Brief der Polizei. Anzeige wegen Erregung öffentlichen Ärgernisses und nicht angemeldeter Demonstration. Meine Schwester und ich lachen laut. Ich fahre mit Moritz und Marvin in die nahe Stadt. Meine Schwester und der sensible Freund hinterher. Nur Theresa hat mürrisch beschlossen, nicht nur zu Hause, sondern den gesamten Tag im Bett zu bleiben. Die Psychologin hat ihr zwar fürs erste die aggressiven Ausbrüche genommen, aber der Bock sitzt ihr nach wie vor im Nacken.

Ich freue mich auf Ruth und sehe nicht ein, mir die Stimmung verderben zu lassen. Ein bisschen hoffe ich auf Paula und Ruth.

Moritz entdeckt sie gleich, als sie aus dem Zug steigen. Ich hätte ihm nicht zugetraut, dass er sich wirklich noch erinnert. Wir fallen uns demonstrativ in die Arme, obwohl die Distanz zwischen uns bestehen bleibt.

Eines der Kinder fällt über einen Stein und blutet am Knie und verzieht das Gesicht nicht. Plötzlich gibt es so viele Sachen, die ein Leben interessant machen. Dann ist es still, und in dem alten Kastanienbaum trällert ein Vögelchen. So hat sie jahrelang inmitten von abgeblätterten Wänden in dem weitläufigen Innenhof gestanden und fremde Wäsche an Leinen gehangen. Eines Tages. Das Wasser lag in endloser Leere, machte das Leben zu einem furchtlosen Feind und demonstrierte mit jedem Atemzug, wie klein der Mensch war. Es sei nichts zu machen.

Es ist nicht spät, und wir beschließen, frühstücken zu gehen. Meine Schwester kennt ein kleines Café in einer schummrigen

Seitenstraße. Der geheimnisvolle, alte Besitzer serviert uns eine überzeugende Vielfalt.

Paula ist schweigsam, sieht sich mit stillen Augen um.

Moritz tut es ihr nach.

Marvin findet sofort Gefallen an Ian, der sich Marvins flehendes Drängen, mit ihm vor die Tür auf die Straße zu gehen, gerne gefallen lässt.

Josephine hat bereits nach zwei Minuten eine nasse Hose, stößt das Saftglas um, startet ein ohrenzerberstendes Theater und schmeißt sich mit ihrem ganzen Gewicht gegen das hübsch verarbeitete, alte Holzschränkchen, so dass die leicht verstaubte, ansonsten neue Stoffkatze herunterfällt.

Eine Weile essen wir schweigsam, lassen es geschehen, dann wird es Ruth unangenehm. Sie sieht sich um, bemerkt das kopfschüttelnde, junge Paar am Nebentisch, den Besitzer. Sie schleppt Josephine auf die Straße, und wir hören sie brüllen. Sie schmeißt die Vogelscheuche um, die vor einem Haus in einem Beet steht.

In diesem Moment durchzuckt mich ein bekannter Schmerz, und ich schreie auf vor Schreck. Kurz darauf ist meine Hose nass, und unser einmaliger Auftritt in dem gemütlichen Café endet mit Blaulicht. Meine Schwester begleitet mich.

Sie bleibt dabei, und sie ist es, die meine Tochter als erste sieht.

Sie ist es, die mich in den Arm nimmt und drückt, als ich es nicht glauben kann, als sie mir sagen, das Kind sei behindert. Sie schreit den Arzt an, als er mir den Vorwurf macht, keine Fruchtwasseruntersuchung gemacht zu haben. „Und dann töten, oder was?"

Und sie ist es, die das wunderschöne Kind mit den langen, schwarzen Haaren und den ungewöhnlichen Augen willkommen heißt, im Arm wiegt und auf meinen nackten Bauch legt.

Ich weine vor Rührung. Das Kind will nicht trinken. Die Hebamme klärt mich auf, es wäre ein besonderes Geschenk und ich solle ja gut darauf aufpassen. Ich muss noch mehr weinen.

Zwei Wochen später lasse ich meine Tochter taufen. Ich bin übernächtigt, meine Brustwarzen wund, das Gesicht voller Herpes, die Haare strähnig, gerädert vom Alltag.

Meine Mutter kommt nicht hinweg über das Kind, mein Vater schweigt gekonnt.

Lutz, den ich ausdrücklich eingeladen habe, steht die Verlassenheit in den Augen.

Meine Tante Viktoria freut sich und lacht den Gottesdienst über laut und begeistert, fast wie meine Schwester.

Die sitzt neben mir und rennt bald aus der Kirche und übergibt sich neben den kleinen Brunnen auf dem Vorplatz. Der sensible Freund zeigt kein Interesse an der Taufe; er ist besorgt um das werdende Vaterglück.

Ganz hinten neben der Tür sitzt Ruth mit Josephine, die laut und überzeugt das Männlein im Walde besingt.

Der Name Amélie geistert in meinem Kopf herum, seit ich diesen Film mit Jakob im Kino gesehen habe. Es war eine entscheidende Zeit meines Lebens, und ich weiß an diesem warmen Sonntagmorgen mit diesem wunderbaren Kind in den Armen, dass sich mein Leben komplett ändern wird, und ich spüre, wie es mir durch alle Adern rinnt, bis in die verstecktesten Poren, wie es kribbelt, und ich spüre, wie ich mich freue und kurz davor bin, vor Freude zu zerplatzen, und ich weiß mit einem Mal, dass ich stark bin, dass ich das, was sich uns noch in den Weg stellen wird, meistern werde.

Auf das Leben!

mirjamsarrazin@web.de